RISCA DA ÁREA

LUCAS AMORIM

LETRAMENTO

Copyright © 2023 by Editora Letramento
Copyright © 2023 by Lucas Amorim

Diretor Editorial Gustavo Abreu
Diretor Administrativo Júnior Gaudereto
Diretor Financeiro Cláudio Macedo
Logística Daniel Abreu e Vinícius Santiago
Comunicação e Marketing Carol Pires
Assistente Editorial Matteos Moreno e Maria Eduarda Paixão
Designer Editorial Gustavo Zeferino e Luís Otávio Ferreira

Todos os direitos reservados. Não é permitida a reprodução desta obra sem aprovação do Grupo Editorial Letramento.

Dados Internacionais de Catalogação na Publicação (CIP)
Bibliotecária Juliana da Silva Mauro – CRB6/3684

A524r   Amorim, Lucas
              Risca da área / Lucas Amorim. - Belo Horizonte : Letramento, 2023.
              110 p. ; 14 cm x 21 cm.

              ISBN 978-65-5932-397-5

              1. Futebol. 2. Internet. 3. Redes sociais. 4. Apostas esportivas. 5. Crise. I. Título.

              CDU: 82-3(81)
              CDD: 869.93

Índices para catálogo sistemático:
1. Literatura brasileira - Ficção 82-3(81)
2. Literatura brasileira - Ficção 869.93

LETRAMENTO EDITORA E LIVRARIA
Caixa Postal 3242 – CEP 30.130-972
r. José Maria Rosemburg, n. 75, b. Ouro Preto
CEP 31.340-080 – Belo Horizonte / MG
Telefone 31 3327-5771

SUMÁRIO

7	RISCA DA ÁREA
8	1.
17	2.
23	3.
27	4.
32	5.
40	6.
47	7.
63	10.
69	11.
72	12.
78	13.
82	14.
87	15.
92	16.
97	17.
102	18.
106	19.

RISCA DA ÁREA

Todo mundo da minha geração já pensou, depois da quarta cerveja, em deixar o Brasil. Eu também tinha minhas insatisfações: cheguei aos 33 anos longe de ter sucesso como jornalista e vivendo de aluguel em cima de um bar que frequentava com mais regularidade do que deveria. Até que um dia um evento extremo me levou a dirigir 2 mil quilômetros num Gol prata e cruzar escondido a fronteira uruguaia. Recomecei a vida com nome novo e nova carreira digitalmente inventada: jogador de futebol. Aos poucos, fui descobrindo que havia outras mentiras competindo com a minha.

-

1.

Vidal tinha a camisa suada apesar dos 5 graus do inverno. Uma barrigona cobria o cinto descascando, com os botões da camisa a ponto de estourar. Deu as boas-vindas a seus funcionários, encarnando um Diderot dos Pampas. Olhou em volta e ajeitou os cabelos brancos para trás com um pente que sempre levava no bolso direito da jaqueta. E preferiu engolir de uma vez uma mentira que lhe fazia bem do que ter que deglutir colheradas de uma verdade amarga: ia começar a temporada sem dinheiro, e sem reforços. Ou melhor, quase sem reforços, porque, orgulhoso, pousava a mãozona manchada pela idade nos ombros de um trunfo de 1,80m, cabelos engomados e uma tatuagem reluzente no pescoço. Eu.

— Bom dia! Apresento aos senhores nosso novo meia, Júnior Cabral – disse, erguendo minha mão direita para receber os aplausos tímidos do elenco.

– Obrigado, amigos – interrompi, com a mão esquerda no peito, inclinando o corpo para a frente.

– Após uma carreira de 12 anos em alguns dos mais destacados times do Brasil, da Europa e da Ásia, Júnior escolheu defender nossas cores. – Nessa hora ele soltou minha mão para tirar do pescoço e erguer um cachecol roxo e branco, quadriculado, acima da cabeça, virando-se de um lado e para o outro. A mão quase encostava na viga de concreto descascado do teto. – Com Júnior, nossos objetivos crescem. Vamos rumo à Libertadores 2023! – mais aplausos, dessa vez mais efusivos, para alegria do Vidal, que continuou, satisfeito, mãos ainda para o alto. – O Defensa voltará aos velhos tempos, quando duelava contra os grandes do Uruguai e do mundo. Voltaremos a assombrar a América!

Vidal cortou a nova leva de aplausos e baixou o cachecol, colocando-o de um jeito desleixado em volta do pescoço. Falando mais baixo, forçou o elenco a se aproximar uns passos para poder ouvir.

– Para isso, a fórmula é simples, senhores, como um bom assado que precisa apenas de lenha, carne e sal. – Que grande orador era o gordo, eu pensava. – Seguiremos buscando os melhores jogadores que desfrutem o futebol como deve ser: feito pelas glórias diárias de homens de verdade. Queremos vocês, meus senhores, vocês, sujeitos de carne e osso e dentes pontudos.

Vidal aproveitou para abrir a boca tal qual um vira-lata raivoso e mostrar os dentes. Não eram tão pontudos assim, amarelados pelo fumo, e ainda dividiam a arcada com espessos perdigotos acumulados no canto da boca. Limpou os lábios no cachecol e seguiu. Àquele momento, já tinha atenção total da plateia.

– Júnior é um jogador exemplar. Inúmeros títulos, amigos e fãs por onde passou e nenhum seguidor no Instagram. Nenhum! Tratou de viver no mundo real, se dedicando aos seus, ao grupo. – Aumentou mais uma vez a voz e finalizou: – Obrigado, Júnior, por confiar em nosso projeto e por colocar teu futebol e tua visão de mundo a serviço do Defensa!

Vidal tinha uma voz potente e seu jeitão me lembrava do Antônio Fagundes de Rei do Gado. Exalava poder, mesmo naquele vestiário acanhado. E me pôs na fogueira, exagerando de propósito uma história que não tinha um pingo de fundamento. Pelas suas palavras, eu parecia um Dom Quixote da bola. Um jogador que renegava um mundo de aparências e que se aferrava ao futebol de antigamente, sem redes sociais, camarotes e pay-per-view. Ele dava a entender que eu estava ali para tirar o melhor daquela galera, ensinar o básico bem-feito. Seria, vá lá, um bom prato de feijoada num mundo que estava se curvando demais ao *steak tartare*. O que era

9

para ser uma protocolar apresentação pré-temporada havia se transformado numa análise sociológica para lá de canastrona.

Quem me olhasse com atenção certamente me desnudaria: eu estava ridículo naquele uniforme roxo, meiões brancos caindo pelas canelas finas. Por dentro, estava com o coração disparado, cabeça latejando. Dentro dos bolsos, minhas mãos suavam. O gole de uísque tomado no banheiro, minutos antes, estava sendo providencial para manter a fleuma de craque cascudo; a petaca ainda estava, pela metade, no bolso interno do casaco.

Estávamos no subsolo do Franco Armani, estádio acanhado e bonitinho do Defensa Sport, time tradicional de Montevidéu situado no meio de um parque às margens do Rio da Prata. Bem ao lado do estádio, há um parque de diversões daqueles de antigamente, com carrossel, carrinho de choque e trem fantasma. Os ingressos para os brinquedos são vendidos dentro de casinhas em formato de cogumelos com a pintura gasta. Resignados, os pais das crianças compram algodão doce, kits para fazer bolinhas de sabão e aviõezinhos a pilha de sujeitos vestidos de homem aranha. No estádio, pouco mais de 20 passos separam a bilheteria do alambrado baixinho. Qualquer torcedor com mais de 1,60m pode esticar o braço e puxar a camisa do bandeirinha, que corre a centímetros da torcida. Tudo meio idílico, meio absurdo.

Na minha frente, estava o elenco de jogadores do Defensa Sport, time tradicional do futebol uruguaio, com poucos títulos numa história dedicada a revelar talentos e a fazer sombra aos gigantes Nacional e Peñarol. O Defensa era um time único, com um elegante uniforme roxo e uma orgulhosa história de glórias improváveis, mas também podia ser um time qualquer: escolhido ao acaso para receber minha farsa. Os jogadores me olhavam como um boxeador encara o adversário na pesagem antes da luta. Embora nenhum deles fosse uma superestrela da bola, suas canelas ao menos enchiam os meiões. E seus olhos pareciam faiscar de ódio. Seria assim em toda apresentação de um novo companheiro?

LUCAS AMORIM

Aqueles não deveriam ser os jogadores mais barra pesada do planeta. Para um cara pouco afeito à valentia, como eu, porém, a animosidade parecia tanta que pensei em sair correndo de volta ao Brasil. Trezentos quilômetros em desespero até o Chuí. Mas já tinha chegado longe demais na farsa em que havia me metido. Trabalhei por meses para poder estar ali, ao lado de meus novos companheiros e dos perdigotos do Vidal. Ele cheirava a perfume falsificado e a tabaco; eu esperava não estar cheirando a uísque. Respirei fundo, relembrei como começava o discurso ensaiado em casa e emendei um sotaque carregado da Zona Sul de São Paulo, como, imaginei, cairia bem para meu personagem. Não que o jeito de falar fizesse alguma diferença para a turma de uruguaios, argentinos e paraguaios na minha frente, sentados diante de seus armários, mate e garrafa térmica em punho.

— Prazer, sou Júnior Cabral, o melhor jogador do mundo. Ao menos é o que diz minha mãe. – Risos, tinha começado bem.

– A bola e eu vivemos uma relação intensa há mais de 20 anos.

– Então somos 23, amigo – completou alguém lá no fundo.

– Comecei para valer aos 17 anos em time pequeno, mas valente, o Marcílio Dias, depois de uma juventude correndo atrás de oportunidade Brasil adentro. Joguei nuns campos muito cheios de história e de buracos, e passei anos encarando estádios lotados por torcidas enlouquecidas – acalmei o ritmo, tirei as mãos dos bolsos e baixei a voz; estaria teatral demais? – Mas mantive o foco no simples. Até hoje sou o jogador que corre atrás da bola para ganhar a Coca-Cola que apostava com os amigos da rua. A vitória mais importante da vida é sempre a próxima, não é? Para isso estou aqui.

A turma aplaudiu com mais força, alguns falaram coisas como "sim, senhor!", e o Vidal precisou assoviar alto para pedir silêncio. Até ali, tudo certo.

– Sou um viajante da bola. Brasil, Bulgária, Ucrânia, Arábia Saudita, Hong Kong, Malásia, de volta ao Brasil – ia falando e contando nos dedos das mãos – Dez times, seis países. Quer dizer: agora, onze times, sete países.

– O melhor ficou para o final – interrompeu o Vidal.

– Em todos esses lugares, eu e meus companheiros sempre escutamos os cínicos dizendo que não éramos capazes. E adivinha: nós éramos pra caralho! – Fiz uma pausa e olhei nos olhos da meia dúzia mais à frente. Dessa vez, fui eu quem pus a mão no ombro direito do Vidal antes de continuar.

– Chego para um novo desafio e me sinto abençoado com um recomeço num dos maiores times da América do Sul. Triunfar por aqui vai ser incrível – nova pausa antes da reta final do discurso "de improviso".

– Tenham uma certeza: não vou tirar o pé, vou me foder junto com vocês no calor e no frio, estaremos juntos nas boas e principalmente nas ruins. – As palavras tinham poder, foi o que descobri falando bobagens naquele vestiário de merda. Respirei fundo e emendei a melhor parte: – Se precisar ir de fracasso em fracasso até o sucesso, nós vamos. Se estivermos no inferno, vamos seguir em frente. A história será generosa conosco, meus amigos. Porque nós vamos escrever a história!

O discurso misturava de forma imprudente Maradona, Lula, Obama e Churchill. E era de uma canalhice ímpar. Mas e daí? Assim que acabei de falar, cumprimentei um a um como um boleirão cascudo faria, mãos estralando, encarada testa com testa. Caprichei nos beijos no rosto, comuns no Uruguai. Minhas mãos já não suavam mais.

O teto baixo, de tijolos sem reboco e pintados de branco, a luz fluorescente piscando, as marcas de barro das travas das chuteiras na parte de baixo das paredes, tudo dava um ar dramático à cena. Ao menos a meu ver. Se alguém estava acreditando em minha atuação era o que menos importava. Eu quase estava. E o Vidal, o presidente do clube, estava bastante — ou fingia muito bem. À direita dele, de agasalho cinza e cabelos brancos penteados para trás, Matias, o veterano preparador físico, agasalho roxo do clube, parecia se divertir. Tinha um sorriso constante no canto da boca e definitivamente gostava de estar entre aquele bando de fracassados e sonha-

LUCAS AMORIM 12

dores. Ao lado dele estava Dário Osmani, o técnico, camiseta preta justinha, cabelo raspado e barbicha, cheio de ideias na cabeça e um eterno chiclete no canto da boca. Ele parecia estar em outro mundo, para falar a verdade. Paciência. O discurso era para os jogadores, aquela turma tatuada e platinada que seria minha família dali por diante. Seriam, também, meus maiores espiões – se alguém fosse me pegar por um deslize, seriam eles. O risco de ser desmascarado estava mais ao falar uma bobagem escovando os dentes num quarto qualquer de um hotel vagabundo do que numa conversa com a diretoria. Nunca achei que chegaria tão longe com aquela loucura: fingir ser um veterano jogador de futebol brasileiro tentando retomar uma vitoriosa carreira à beira do Rio da Prata. O número de macacos velhos com décadas de bola diretamente envolvidos na minha história só fazia crescer. Dirigentes, jornalistas, empresários, técnico, jogadores, torcedores. Era muita gente para ludibriar. E qualquer segundo de distração podia colocar tudo a perder.

– Essa tatuagem o que quer dizer, irmão? – Alguém me perguntou do fundo, apontando meu pescoço, logo que terminei de cumprimentar os jogadores e começava a relaxar assim como um ator que sai de cena após o primeiro ato. Minha ideia era ir direto para o banheiro matar de um só gole o restante da petaca de Black & White. Mas não deu.

– Essa? – respondi, apontando o pescoço, como se houvesse alguma outra tatuagem para deixar a dúvida no ar. Não tinha, claro, morro de medo de agulha – É um oito, meu número da sorte. É formado por uma cobra. Símbolo de Hong Kong, onde joguei.

– Parece nova.

– E é. Fiz uns dias atrás.

Deicas, zagueiro que era um dos mais experientes jogadores do time, me olhava fixo enquanto dava uns passos para frente. A turma abriu para ele passar. Chegou a um metro de mim e disse, levantando a manga esquerda até o cotovelo para mostrar uma tatuagem desbotada no antebraço.

13

– Achei que o símbolo de Hong Kong era um dragão. Ele de fato tinha um dragão tatuado, visível entre as veias salientes. Se era ou não de Hong Kong, eu nunca soube. Mas todo mundo se curvou um pouco para olhar a tatuagem.

– Já passou por lá, irmão? – perguntei.

– Passei. Dois mil e treze. Adorei. Vamos ter muito o que conversar.

– Temos um especialista em dragões entre nós, senhoras e senhores!

O deboche gritado lá do fundo quebrou o gelo. Mas o escrutínio tinha começado. A batalha para convencer a turma ia ser dura. Nesse momento, começou um zumzumzum cheio de piadas sobre cobras e dragões e tatuagens, cada um mostrando a sua para o cara a seu lado. Todo mundo tinha tatuagem para mostrar.

– Esse tigre aqui fiz na Grécia – disse um, mostrando a barriga.

– Eu também tenho uma cobra. Peraí que vou te mostrar – disse outro, com a mão no calção.

As piadas eram de quinta série, e a galera ria, descontraída. Até o tal do Deicas parou de me encarar e começou a papear com o time. Fiquei imediatamente com inveja daqueles adultos capazes de se divertir com bobagens. Quando me dei conta, estava excluído, de pé, lá na frente, com uma cobra fajuta no pescoço e cheio de minhocas na cabeça. A verdade é que todas as tatuagens pareciam ser mais verdadeiras que a minha, adornando peitos, pernas e braços mais fortes que os meus também. Não tinha me preparado para as piadinhas e o humor juvenil.

Olha que eu tinha me esforçado na construção do personagem. Para começar, o nome Júnior é quase irrastreável: são dezenas de Júniors pelo Brasil. Só nas três primeiras divisões são 44. Mundo afora, então, há uma legião de Júniors tentando a sorte na bola. Para todos os efeitos, eu era apenas mais um deles. A lista de lugares em que eu havia jogado, então, era obra de arte: um monte de times pretensamente conhe-

LUCAS AMORIM

cidos, mas com histórico difícil de pesquisar. Boa sorte em tentar descobrir exatamente quem passou nos últimos anos pela miríade de clubes pouco conhecidos do meu currículo.

Em algum momento, alguém mergulharia mais a fundo nesse histórico inventado — e para isso eu precisava estar preparado. Toda noite eu sentava na frente do notebook e lia os relatórios que o Roger me preparava sobre todos os lugares em que havia "jogado". Na Bulgária, por exemplo, tinha empilhado campeonatos nacionais e virado parceiro do dono do time, o Kiril, um desses bilionários do leste europeu. Costumávamos praticar tiro ao alvo e fumar charuto nas mansões dele. Gente boa. Na Malásia, inventamos que eu tinha jogado lá no norte do país, lugar quente para caramba e bem conservador. Mas com torcida apaixonada: saímos inúmeras vezes do vestiário direto para o carro da polícia para passar escondido no meio da multidão que cercava o estádio querendo festejar ou nos cobrir de porrada, nunca dava para entender direito.

Também lia muito sobre tática de futebol: imaginava que era por aí que eu ganharia a confiança dos companheiros e da comissão técnica. Eu sabia, por exemplo, como o Mourinho preparava os treinos de acordo com cada adversário, de forma frenética; ou como o Guardiola posicionava os laterais por dentro e abria caminho para os pontas por fora, criando um espaço inexplorado dentro de campo. Ou ainda como o Klopp cobrava que seu time roubasse rápido a bola e atacasse a área adversária como um vira-lata faminto. Sabia até todas as variações táticas de Scaloni na campanha histórica da Copa de 2022 – como variava de dois para três zagueiros, como invertia os pontas, como dava um jeito de deixar o Messi livre. Em poucos meses, tinha feito uma pós-graduação em futebol. Levar a teoria para a prática eram outros quinhentos.

No fim da manhã daquela terça-feira, 13 de julho de 2021, passado o discurso e os cumprimentos, e passada a exposição de tatuagens, os relatórios detalhados ou a edição cuidadosa de minhas pegadas digitais feita pelo Roger não iam me ajudar em nada. Havia chegado uma hora com a qual eu tinha pesadelos: subir para o campo.

– Muito bonito. Agora as senhoritas podem guardar as merdas das tatuagens e pegar as porras das chuteiras? – gritou o Osmani, batendo palmas que levaram à intensa movimentação no vestiário. Meus companheiros colocaram chuteiras, meiões, calções e passaram todo tipo de aerossol nas coxas e panturrilhas como se fizessem isso todo dia. E faziam, claro. Eu tentei acompanhar o ritmo, mas acabei sendo o último a terminar, enrolado com a língua da chuteira, e fiquei no fim da fila, ruminando preocupações.

Se não conseguia nem calçar a chuteira como os profissionais, ia conseguir correr e chutar a bola como um boleiro veterano? Era o que eu estava a ponto de descobrir. Atravessei confiante o túnel até o gramado e senti na cara o vento gelado que soprava do Rio da Prata.

-

2.

Assim como os desastres de avião, não existe um fator único que faz um jornalista de 33 anos, com namorada, família e amigos, deixar o Brasil para recomeçar a vida no exterior. Fui parar naquele vestiário do Defensa por uma reação a uma sucessão de acontecimentos. Meses antes, a possibilidade de deixar o Brasil era só um desejo remoto. Também permanecia enterrado o sonho juvenil de virar jogador de futebol — embora volta e meia ainda me indignasse com a falta de qualidade de alguns profissionais na televisão. Não era possível que tanta gente conseguisse ganhar mais de 100 mil por mês e eu seguisse contando o vale-alimentação. Não virei atleta por falta de competência, excesso de complacência e uma lesão ingrata no joelho. Também nunca tinha protagonizado um enredo tão rocambolesco quanto aquele em que me metera. Sabe aquele amigo que finge ser bilionário para entrar no camarote do carnaval, que faz que vai no banheiro e sai sem pagar do restaurante, que inventa ter casa na praia? Não era eu. Nunca tive coragem de inventar nada. Meses antes daquela apresentação no Franco Armani, nunca me imaginaria capaz de olhar nos olhos de alguém e mentir tão descaradamente, de passar pela realidade como se turbinado por quatro latas de cerveja. Mas, de repente, lá estava eu no meu *Drunk* particular — mas sem o álcool. Sem o álcool em período integral, vá lá. A certeza é que, aos 33 anos, havia me desiludido com a vida adulta de tal forma que já não me importava de atuar como um canastrão de filme de sessão da tarde. Uma chave havia virado na minha cabeça, impulsionada por um grande acúmulo diário de frustrações comigo mesmo e com os outros.

De repente eu, o mesmo cara que não tinha coragem de pedir comida delivery em dia de chuva por pena do entregador, agora mentia descaradamente para 30 marmanjos e não estava nem aí para como se sentiriam no dia em que, inevitavelmente, descobrissem o embuste. Cheguei aos 33 longe de ter alcançado o êxito esperado na profissão, vivendo de aluguel em cima de um bar que frequentava com mais regularidade do que deveria. Não via um futuro florido à frente, sobretudo num país que, visto sob a ótica do meu mundo, insiste em não acontecer. O número de amigos vivendo fora ao longo da última década só fazia crescer, em países como Canadá, França e Austrália. Outros ou festejavam rotinas faraônicas nas redes sociais, turbinadas por gordos bônus da Faria Lima, ou estavam na mesma encruzilhada que eu: celebrando um simples filé à parmegiana no domingo. A vida de classe média com bons serviços públicos, grana para viajar a Camboriú ou a Portugal nas férias e um apartamento bacana financiado, essa não existia. Era oito ou oitenta. E eu sabia que minha situação era muito melhor que a de 70% dos brasileiros. Mas eu queria mais — não muito mais, mas poder pedir sobremesa sem culpa quando saísse para comer.

No fundo, acho que todo mundo da minha geração pensa, depois da quarta cerveja, em sair do país. Em algum lugar, li que nos últimos anos três ou quatro milhões brasileiros saíram do país. Faz sentido: estamos em crise desde 2009, quando eu tinha 21 anos. É uma combinação tenebrosa de crise econômica e crise política, uma alimentando a outra. Foram anos tão ruins que fizeram muita gente exaltar um passado sombrio, como se o Brasil dos anos 50, 60, 70, 80 não tivesse tido corrupção, não tivesse tido problemas.

Tem conhecido meu que, tomando um dry martini no Astor e mordiscando a azeitona, enche a boca para dizer que o Lula inventou a corrupção. Isso num país construído na base da sacanagem desde 1500. Dava para a esquerda ter aprendido depois do Mensalão, óbvio. Não rolou, não vai rolar, e seguiremos nessa.

Minha geração deixou as esperanças na escadaria do vestiário. Nunca chegamos a entrar em campo e fomos caindo do chope pra long neck, pra garrafa 600, para o litrão e o Corote. Eu, aos 33 anos, sigo tomando aquela cachaça em garrafa de plástico vendida ou pra universitário fodido ou pra mendigo. Que lindo seria acordar num lugar diferente, fazendo algo diferente, e sendo bem pago para isso. E quão louco eu precisaria ser para colocar isso em prática, largando uma carreira de jornalista frustrado voltar no tempo e reencarnar como um arquiteto dinamarquês ou um chef francês? Ou, esticando a corda da imaginação, por que não recomeçar como jogador de futebol?

Foi bem num dia de castigar o fígado com cachaça ruim, aliás, que minha desilusão com o Brasil fez minha fantasia de começar do zero ganhar corpo. Numa noite de chuva, meu nome caiu numa dessas valas das redes sociais. Tinha escrito uma matéria sem ambição, de última hora num plantão, com 20 linhas sobre a rotina de trabalho, digamos assim, suave, de um senador influente. O cara de fato trabalhava duas horas por dia. Peguei a agenda dele da última semana e somei os compromissos oficiais: não dava muito. Mas não comparei com a agenda de nenhuma outra autoridade, não procurei a assessoria, nada. Um trabalho bem preguiçoso, para falar a verdade. Depois que publiquei, ouvi uma crítica aqui e outra ali sobre o conteúdo, digamos, pouco profundo da reportagem — e era mesmo. Eram comentários com os que os jornalistas de política estão acostumados. Acusam-nos de imparcialidade, de que estamos comprados, vendidos, por aí vai. Dizem que a imprensa é suja, que tem interesses mirabolantes. Como se um merda de um repórter mal pago e ignorado até pelo subeditor pudesse estar mancomunado com os donos da empresa para derrubar o governo. Faz parte. Mas é engraçado.

19

Logo eu, o repórter inédito, incapaz de publicar uma única reportagem de impacto em uma década de profissão. Incapaz, até, de ser atendido pelas fontes. Eu era o cara que recebia ligações mal explicadas, que era marionete de todo tipo de estratagema. E aceitava, por preguiça e desinteresse. Meu dia era falar com aspones e poderosos de meia tigela, e replicar suas versões. "Almoçou com quem? Fora da agenda? E vai votar contra o projeto de lei? Publicando já". Foi nessa toada que alguém me comentou sobre a rotina flácida do senador, e publiquei sem grandes elucubrações.

Enfim, estamos acostumados a muitas críticas e acusações. E eu, particularmente, merecia algumas delas. Mas naquela noite de quarta, Corinthians na TV regado a Corote e Duplo Malte, as ameaças subiram de tom. Um blogueiro certamente financiado pelo senador postou meu nome, telefone, e endereço completo numa rede social. E incitou a matilha a ir para cima de mim. Foi o caos.

Em uma hora eu tinha sido hackeado de tudo que é jeito e recebido todo tipo de ameaça. Diziam que iam me fazer voar pelos ares enquanto estivesse atravessando a rua. Que minha carreira estava acabada. Que minha mãe, pai, irmão, filho e filha iam sofrer junto comigo. Sei lá de onde tiraram que tinha irmão, filho e filha... Mas o recado foi recebido. A Lara, que estava dormindo no quarto pegado à sala apertada do apartamento de 45 metros quadrados, acordou assustada com a movimentação na sala. Eu ia para lá e para cá, abria e fechava a geladeira, lavava o rosto, secava, voltava a lavar, abria uma cerveja atrás da outra. A vontade era gritar na janela para toda a Vila Buarque ouvir. "Estou aqui, venham me pegar!". Um ataque como aquele é algo que todo jornalista que cobre os poderosos teme que possa acontecer, mas na hora a sensação é de uma fraqueza total. Um ataque covarde nos tira do prumo, tal qual tomar um tapa aleatório, ou ser chamado para a briga pelo fortão da escola. Já tinha levado o tapa e já tinha sofrido com o fortão.

LUCAS AMORIM

Acalmado pela Lara e depois de um bom gole de cachaça liguei para meu editor, contei o que estava rolando e pedi ajuda.

O jornal já tinha passado por outro episódio parecido e o Geraldo sabia o que fazer, mesmo que tenha sido surpreendido no meio do jogo do Corinthians — e, desconfio, também estivesse alterado com alguma bebida provavelmente melhor que a minha. Rum, será? O Geraldo tinha cara de quem bebia rum com gelo. Decidimos que eu entraria em licença remunerada.

— Suma por umas semanas e vamos falando.

— Como sumir, Geraldo?

— Sumindo. Aviso o time que você antecipou férias. E me entendo com a direção. Amanhã também ligo para o senador e busco uma reaproximação. Aquela falsidade que você conhece.— Vamos processar ele?

Geraldo riu. Ele riu. E eu querendo me jogar pela sacada.

— O cara é um crápula, mas o mais importante agora é evitar que a coisa piore. Qualquer coisa, me ligue, Dárcio. Mas deve ser só uma ameaça vazia.

Nunca dei bola para essa última frase. Nas horas que faltavam até a manhã, eu, Lara e Matias começamos a botar em prática um plano maluco de sumir no mundo, tanto digital quanto fisicamente. Eu e Lara discutíamos sobre esse "reset" em longas noites de conversa. Era um piro que nos unia, hora como pura brincadeira, hora se olhando nos olhos e dizendo: vamos. Pois havia chegado a hora de testar nossa coragem. Lara, programadora numa empresa de entrega de comida, conhecia os caminhos iniciais para desaparecer no mundo. Em minutos, meus perfis saíram do ar. Logo depois, ligamos para o Roger, que deu um jeito de criar um sistema de denúncia automática para todos os perfis que haviam me atacado. Centenas sumiram ao longo da noite. Depois, o Roger ainda havia rastreado os IPs dos computadores de onde tinham partido os ataques, e tirou os caras da rede. Em paralelo, pusemos em marcha, os quatro, um plano de viagem para mim e para a Lara.

Três dias depois nós estávamos, com novas identidades, em Montevidéu — lugar que o próprio Roger tinha escolhido para viver, anos antes daquela noite de terror. Quatro meses mais tarde, eu estava subindo ao campo para o primeiro treino do Defensa, após minha contundente apresentação diante do plantel. Até hoje não sei em quanto terminou o jogo do Corinthians naquela noite.

3.

Não me foi de todo mau o primeiro treino. Eu estava parcialmente confiante porque, como acreditava, me garantia na parte física. Desde que me mudara pra Montevidéu, 15 semanas antes, ocupava a mente e as horas ociosas do outono e do inverno correndo na Rambla, a extensa avenida à beira do Rio da Prata. Começava no quilômetro 3, na altura do bairro de Palermo, perto da Cidade Velha, onde ficava nosso apartamento, e ia avançando rumo ao leste. Passava pela praia Ramirez, pelo clube de golfe, pelo refinado e arborizado bairro de Punta Carretas, com seu farol que desponta em meio a um molhe de pedras, por Pocitos (a Ipanema local), e ia avançando, vento contra, até o distante bairro de Malvin, lá pelo quilômetro 15.

Dependendo do dia, ou parava para olhar o mar e voltava num trote cansado, ou dava meia volta e me mandava em ritmo mais acelerado, aproveitando o vento a favor. Era hora de admirar os pescadores de cestos vazios, as patinadoras de saltos elegantes e pernas firmes, os jovens e velhos tomando mate sentados na mureta de pedra. Umas três vezes por semana, ainda ia ao tradicional clube de boxe de Palermo para pular corda, puxar uns ferros e tomar umas boas porradas. Tentava desenvolver a capacidade de tomar uma surra com um homem, como se dizia ali no clube. Sabia que seria importante para meu personagem. Terminados a corrida e o boxe, tentava, em casa, aplacar as dores com doses alternadas de bolsas de gelo e de Fernet. Lara ajudava bastante a manter uma rotina, vá lá, quase de atleta. A janta era quase sempre milanesas ou tortilhas prontas do mercado e salada, o que ajudava a manter a barriga em dia. No resto do dia tomava mate, como um bom uruguaio faria, e comia frutas. Sempre que estava em frente à TV, Lara me lembrava de ficar em pé num equipamento que melhorava a força e o equilíbrio das pernas. Também estava sempre com alteres para lá e para cá. Enquanto os levantava, Lara brincava de me dar jabs nas costas e na barriga. Às vezes doía de verdade. Imaginava que, quando chegasse a hora da verdade no time profissional, as dores seriam maiores.

Desde o juvenil, em Floripa, não treinava com um time de futebol, e não sabia muito bem o que esperar. Sempre tive uma canhota de qualidade, e até os 16 anos sonhei de verdade em jogar profissionalmente. Fiz testes em uma meia dúzia de clubes. Mas detestava os treinos, não me via ficar por 20 anos correndo em caixas de areia ou chutando bolas de 5 quilos. Agora, o pesadelo estava de volta, e por minha própria vontade. Assim que me vi no gramado do Armani, senti um frio percorrer a espinha.

Meu algoz seria o preparador físico Matias, agasalho do clube, cabelos brancos desgrenhados pelo vento e mate sempre à mão. Tinha pinta de rabugento, falava pouco; não parecia ser dos profissionais mais modernos do mercado. No fim das contas, não sei se foi pela adrenalina ou pelo friozinho úmido que fazia, o fato é que não decepcionei. Foram só umas corridas em volta do campo, uns exercícios com elástico e cones, um pega-pega com fitas na cintura (que resolvi imaginando que perseguia as belas patinadoras da praia Ramirez). Depois, academia e banho gelado. Melhor de tudo: nem sinal de bola.

Tinha passado vivo pelo primeiro teste, correndo tanto quanto os mais voluntariosos, fazendo até umas duplinhas para tiros de 100 metros com um ou outro companheiro que até ali não sabia o nome. Fiquei meio isolado e tentei mostrar naturalidade, enquanto a maioria dava risada de tudo, fazendo piadinhas internas que meu parco espanhol não me permitia entender. Enfim, eu encarava tudo como imaginava ser um primeiro dia no presídio. Só de não passar por filhinho de papai, nem ser jurado de morte por ter pisado no pé do dono cela, já estava no lucro.

No dia anterior, já tinha passado pelo exame médico, aquele com teste de esteiras e um milhão de eletrodos. Podia não ser um atleta, mas até ali estava enganando bem.

— Fique tranquilo, Júnior, que amanhã começa a diversão com a bola — a despedida do Matias não parecia ter nada de ironia, mas foi o suficiente para me lembrar de que tinha outros testes no caminho.

Claro que para tentar ser jogador de futebol eu ia ter que jogar bola. Além de tudo, tinha me apresentado como meia de ligação, o chamado enganche, e exaltado minha capacidade de chutar de fora da área e de deixar os companheiros na cara do gol. Tomei o primeiro banho como atleta, num chuveiro frio, pensando nesse inventado poder de finalização. De onde tinha tirado aquilo? Dava para voltar atrás? Não dava, claro. Chuveiro fechado, roupa vestida, cheguei à óbvia conclusão que o melhor, às 18h daquela quarta-feira fria, era esfriar a cabeça e ir para casa. De bike.

Pensava em cheirar a Lara, tomar um Fernucho e jogar um FIFA no play 3 velho de guerra quando, numa esquina da rua Gonzalo Ramirez, a dez quadras de casa, vi um desses enormes prédios em construção. Ficava perto de um parque, na frente de uma pracinha, com crianças correndo e cachorros bem cuidados passeando com senhoras mais bem cuidadas ainda. Vinte e cinco andares, um cartaz enorme anunciando o início das vendas. Três suítes, mais de cem metros quadrados. O tipo de lançamento que não se vê o tempo todo em Montevidéu, cidade em que a região central parece ter estacionado no início do século 20 com sobrados coladinhos uns nos outros, uns janelões enormes e umas portas pesadas de madeira. Construção nova se via muito pouco, e aquela me chamou a atenção. Era o tipo de lugar em que eu adoraria morar, num mundo paralelo em que eu teria grana e um emprego de verdade.

Apoiei a bike numa árvore descascando. Parecia ser um daqueles plátanos, símbolo do Canadá e que no inverno cobria as calçadas de Montevidéu de folhas secas, grandonas. Desci, pisei nas folhas de plátano e peguei um folder promocional embaixo de uma pedra, em cima do muro baixo. Na hora me dei conta de que havia outro fator que me fazia levar a fantasia para fora do videogame: grana. Com o salário que me pagariam no Defensa, bastava enganar por uns meses que minha condição financeira mudaria para sempre. O dinheiro passava muito longe do pago aos jogadores de primeira linha no Brasil, mas 10 mil dólares por mês era muito dinheiro. Com dez mil dólares por mês eu conseguiria pagar aquele apartamento em 40 meses. Isso se a gente guardasse todo o meu salário e vivesse apenas com o que a Lara juntava de seus freelas esporádicos de programadora. O duro era eu enganar como jogador por 40 meses. Manter aquela história absurda por mais um mês já seria um feito. Montei na bicicleta, desviei de uma caminhonete que passou a toda por mim e voltei a pedalar para casa, ouvindo um cantor local de quem tinha aprendido a gostar: Ruben Rada. "Los pensamientos son todos mios, pero mi lengua ya no es tan mia". Dali até em casa era só decida. Uma rua agradável ladeada por plátanos, por vendinhas de fruta e lenha e marcada pelo cheiro de pães saindo do forno que se misturava à fumaça dos ônibus chineses. Caía uma chuvinha fina.

LUCAS AMORIM

4.

Cinco anos antes daquela esquina fria de Montevidéu, uma outra esquina começou a definir minha aventura uruguaia. Em São Paulo, no encontro das ruas Cardeal e Simão Álvares, na Vila Madalena, sem os charmosos plátanos uruguaios e com muitos fios emaranhados em cima de minha cabeça, trombei no Matias. Eu procurava um lugar para fazer um xerox — ou um boteco para uma geladinha, o que viesse primeiro. Tinha saído da casa da minha tia Anne, na Rebouças, e caminhava à toa por ruas secundárias. Com sorte, acabaria encontrando com algum conhecido, já que estava perto da Editora Quinze, onde trabalhavam mais de mil jornalistas e dezenas de amigos. Dito e feito: o Matias estava subindo a Cardeal, com fone de ouvido e cantarolando baixinho. Ao me ver, baixou os fones grandalhões e me abraçou.

— Fala, Darcio!

— Salve, meu jornalista!

— Se liga. Consegui um trabalho pra você! – disse, apontando para trás, no prédio da Abril. — Uma repórter de uma revista de viagem está saindo de licença maternidade e acho que a vaga é a tua cara.— Opa.

— Falei teu nome lá e o pessoal curtiu. Ficaram de te ligar. Fica esperto no telefone. Você tá com celular, né?

Mostrei o celular discretamente, por dentro do bolso da frente da calça. Já tinha aprendido a duras penas que não valia dar bobeira em nenhum lugar de São Paulo, ainda mais no finzinho de tarde. Demos meia dúzia de passos e entramos num boteco desses de esquina, ovos cozidos na estufa e saquinhos de amendoim perto do caixa. Deixei o xerox para outra hora; era para meu currículo e, no fim das contas, uma cópia eu já tinha. Valia a pena acreditar que ia ser suficiente depois da informação do Matias.

— Conta mais desse trabalho — questionei assim que sentamos nas cadeiras de plástico do boteco.

— Cara, não sei qual é a dessa vaga. Mas o lugar é incrível, acho que já te falei de lá – O Matias tinha o cabelo raspado e havia começado a andar de paletó e camisa xadrez, como que para envelhecer na marra.

— Incrível como?

— É um site e uma revista que apresentam o mundo para os leitores. E aí, irmão, só tem um jeito de fazer isso: viajando.

— Parece bom – disse, servindo do segundo copo de cerveja para mim e para meu headhunter.

— Quem tem mais tempo de casa e mais experiência pega os melhores rolês – continuou o Matias, com um bigodinho de espuma branca em cima dos lábios —, mas quando a demanda é grande, sobra para todo mundo. Sei de gente com menos de um ano de formado que já foi pra Argentina, Costa Rica, Marrocos. Tudo em hotel bom, passeios, restaurantes fodas – disse e abriu os braços, satisfeito consigo mesmo.

— Demais, hein. Duro de trabalhar visitando esses lugares é o sentimento de mito da caverna que deve dar ao voltar pra casa.

— Que mito, maluco?

— Do Platão, saca? A turma deve ir das sombras para a vida real sofrida em questão de horas. O cara almoça num baita restaurante, viaja para um hotel refinado, e aí chega em casa e tem que raspar o VR com os broders pra fechar o mês.

— Pode crer. Boy, traz mais uma cervejinha e uma porção de tremoço aqui pra imprensa! Tremoço é bom demais, né não? – disse, jogando um para cima e abrindo a boca para comer. Errou. O tremoço caiu no chão e achei que era hora de mudar de assunto.

— Ô, Matias, você que cobre economia: até quando vai essa crise, hein? Vai ser para sempre mesmo?

— Não sei nem para onde vou depois daqui, maninho.

— A última euforia foi ali em 2010, não foi? Depois a coisa parou. Nossa galera de 28, 30, 32, está todo mundo querendo ir morar fora do país, caceta.

— Eu estou bem aqui, na real.

— Para. Eu não tiro a razão dos caras. Não estamos falando de fodidos que cruzam fronteira pelo deserto fugindo da fome. – Descruzei as pernas e apoiei o cotovelo na mesa, chegando mais perto — É gente que estudou, fez faculdade, e o trabalho não basta para mais do que pagar as contas. O sonho não cabe no salário.

— Isso é real: a gente toma duas cervejas e já pensa no desfalque da conta. – Matias virou seu segundo copo e já encheu a mão de tremoço.

— Então. Vai contando. O Renato se mandou pra Austrália. A Lia, pra Suécia. O Saulo, pra Califórnia. O Pedro e a Ana, para o Canadá. Porra, tem uma galera indo para o Canadá, irmão. Para o Canadá. Menos 20 graus no inverno.

— O país da mierda blanca.

— Isso! Lembra aquele argentino pistola no YouTube? Neva demais. Vi um mapa esses dias: 95% da população vive em 5% da área, no sul. Por que dali pra cima o que é ruim fica pior. Já pensou? O cara vai lá para passar frio 10 meses por ano, mas falando inglês já se vira sem precisar fazer loucuras.

— Se pá ainda vira barman ou garçom e bota o piru para trabalhar. – Matias adorava falar grosselha para descontrair.

— Lá dá para servir e ainda fazer o serviço! Lugar muito mais igualitário, né. O cara consegue comprar o que produz.

— Isso. Aqui o garçom não tem grana pra ir no cinema, pra comer fora, pra pagar o drinque que bate na coqueteleira. Isso nem a gente tem, na real – disse o Matias, fazendo sinal para uma terceira cerveja.

29

— Ficam mundos tão distantes que o funcionário não tem papo com o cliente — só dá para falar groselha sobre futebol, sobre se vai fazer sol ou continuar chovendo. Como que o barman ou o garçom come alguém assim?

— Pode crer, não tinha pensando nisso.

— Quem sai daqui vê outro mundo. Surreal como tem paralelo com a juventude cubana que se mandou no começo dos anos 90 quando começou a derrocada da União Soviética. – Chegou a cerveja. — Jovens bem formados, com mestrado e doutorado, que saíram do país aos milhões pra recomeçar fora fazendo o que dá. Às vezes até conseguem validar o diploma de arquiteto, médico, físico, depois de muita luta. Mas a maioria não consegue e trabalha no que dá. Ao menos, aqui, ainda dá para voltar se as coisas não saírem bem.

— Ou se o cara achar que é melhor se foder por aqui do que encarar a mierda blanca todo dia.

— Isso. Como pode fazer sentido um paralelo entre o Brasil do século 21 e Cuba dos anos 90, cara? Cuba. – O quarto copo já tinha ido num gole. — Matias, como dá para viver num país que não vai para frente, irmão? Que até a foda é setorizada por classes sociais intransponíveis?

— Pelo menos aqui tem boteco e tremoço.

— Saca essas duas histórias separadas por 30 anos, sobre pessoas aleatórias, que não saem da minha cabeça. – Fiz sinal para uma dose de Fernet, Matias levantou para ir ao banheiro. Assim que ele voltou, me apressei a contar a história, segurando com a mão direita em seu antebraço para que se sentasse mais rápido.

— Então. Um cara foge de um desses grotões do Brasil porque ele e um amigo se envolveram com duas menininhas lá de uma cidade perdida no meio do nada. O irmão de uma delas não curtiu e ameaçou os dois num bar, na frente de todo mundo. Como não podiam deixar barato, o cara e o amigo armaram uma emboscada para o outro. Encontram ele numa estradinha de terra, fazem ele descer do cavalo e o primo saca

LUCAS AMORIM

uma peixeira e capa o maluco. – Matias se mexeu na cadeira, ajeitando as calças, como que sentindo o frio na braguilha.
– Capa, irmão. Cortou o brinquedo do cara. Poucas horas depois, os dois saem voados de lá; vêm para São Paulo e nunca mais voltaram. Parece Idade da Pedra, mas é Brasil anos 90. Hoje um deles está te servindo tremoço.
– Sorte que não pedi a linguiça.
– Se foder. E a segunda. Te conto a segunda? Então saca só. O faxineiro lá do prédio da minha tia, sangue bom demais, nossa idade, está indo de volta pra Pernambuco depois de 10 anos em São Paulo.
– O mesmo tempo aqui que você, né não?
– Pois é. Mas ele tem mulher e filhinha e veio pra cá com a esperança de juntar grana para ele e pra mãe e pra irmã. Não rolou.
– Foda. – O Matias estava meio pálido depois da história do maluco capado.
– Agora não aguenta mais trabalhar só pra pagar a prestação da motoca que leva e traz pro trabalho e pra botar comida na mesa.

Matias encheu a boca de tremoço.

– Não juntou nada, cara, em 10 anos ralando aqui. Nada muda em décadas nessa merda. O sonho de fazer a vida na cidade grande segue uma ilusão. O clima de faroeste no Brasilzão profundo é o mesmo.

– Sei não, Dárcio. Acho que a coisa está é piorando. Cada esquina virou um faroeste. Cuidado com o celular, irmão.

Três dias depois daquele papo e um dia depois de pedir 5 mil reais emprestados à minha tia, consegui meu emprego na revista de viagens, graças à indicação do Matias.

-

5.

Acordei tenso com a iminência do primeiro treino com bola. A Lara ainda estava dormindo no único quarto do apartamento que tínhamos alugado a 20 mil pesos por mês — uns 2,5 mil reais. Fiz um mate e fiquei contemplando o pedacinho de vista que tínhamos para o Rio da Prata, entre dois prédios de tijolo à vista no terreno em frente. Estávamos no sétimo andar. Segurei a vontade de fumar, como vinha segurando nas últimas semanas. Não cabia no personagem, e não teria como eu me virar bem fisicamente se fumasse. Afinal de contas, eu não tinha, claro que não tinha, a qualidade de um Sócrates ou de um Gérson, que faziam do cigarro parte de seu mundo esportivo. Sempre dava risada quando lembrava que o Sócrates tinha acendido um cigarro antes de subir na esteira para o teste físico logo após sua muito comentada contratação pela Fiorentina, logo após a Copa de 82. O cara era capitão da seleção brasileira e acendeu um cigarro antes de subir na esteira, na Itália: "para aquecer os pulmões".

Não deu muito certo a passagem dele pela terra do Renascimento, mas isso não teve nada a ver com o pulmão quente ou frio. Me faria bem um cigarro, caceta — mas estava fora de questão. Sem ele, mas segurando o mate que já tinha entrado na rotina, eu gostava de olhar a janela e contar os navios cargueiros que passavam lá longe no Rio da Prata, rumo ao porto de Montevidéu. Naquele dia eram 12, que iam devagar, quase parando, quase em fila indiana. Imagina quantos seriam em Roterdã, em Singapura. Centenas? Antes de chegar ao mar e à Rambla, a vista dava para um campinho de futebol society cujo pasto estava sendo replantado há semanas por um funcionário de uniforme azul que não aparentava a mínima pressa. A cada dia eu observava os pedacinhos de grama que iam crescendo num trabalho que avançava lentamente. Coisa boa seria poder se dedicar a semear um campo de futebol, sem pressa, sem toda a loucura em que nos metemos no dia a dia querendo mudar o mundo ou ter uma vida de rico. Guerra na Rússia, queda da bolsa, fome, pandemia: nada disso importava para quem passava o dia semeando um gramado. Eu podia ter fingido ser jardineiro, em vez de jogador de futebol. Passaria o dia olhando para o gramado, mate na mão, vento do rio no rosto. A vida é simples, a gente que vai complicando. A minha estava especialmente complicada. A da Lara, nem tanto. Mas isso porque ela era de ferro. Era uma grande maluquice a dela abandonar o pouco que tinha no Brasil para me acompanhar numa furada certa em Montevidéu. À distância, ela podia continuar com seus freelas de programação, que consumiam, eu achava, umas duas a três horas por dia. Fazia aplicativos e sites para todo tipo de cliente, de startups de tecnologia a redes de supermercados. No resto do tempo, ela caminhava pelo centro, revirava livrarias, batia papo com a dona de um estúdio de tatuagem no térreo do nosso prédio. A moça tinha um cachorro, um vira-lata cinza e desengonçado, que virou o parceiro da Lara nas caminhadas. Acho que ela também aproveitava esses rolês para fumar escondida, embora tivesse prometido que me acompanharia na nova rotina de "atleta". Eu queria mais é que ela fumasse pelos dois, mas ficávamos nos enganando mutuamente. Lá no fundo, eu torcia também para a Lara aproveitar essas tardes no estúdio de tatuagem para contar tudo sobre nossa mentira. Imaginava a tatuadora, que se chamava Lola, acho, desenhando um unicórnio numa cliente qualquer e, no lugar do chifre, escrevendo um gigantesco "FARSA". Mais de uma vez, também me imaginei chegando em casa para descobrir que a Lara, a Lola e o vira-latas tinham sumido no mundo. Na porta do estúdio de tatuagem, um unicórnio pichado com "FARSA" no lugar do chifre. No fundo, achava que ela merecia mais do que eu, quem sabe até uma tatuadora uruguaia de cabelo raspado, por que não?

Terminei o mate, comi uma banana, peguei minha mochila com a chuteira e uns itens de higiene e me mandei de bicicleta. Era tudo parte do personagem que tentava construir. Dinheiro para carrão eu não tinha, e chegar de Uber no treino estava fora de questão. Minha bicicleta, por sua vez, fazia bonito, com um modelo antigo meio hipster, estilo *fixie*. Tem aquele design fininho, sem marchas, e pedais que vão se movendo junto com as rodas. Para frear, basta travar os pedais. A roupa também era caso pensado para parecer um cidadão do mundo, desses que já viram de tudo e sabem o que é bom. Tênis Vans cano alto, calça jeans Diesel bem clarinha, jaqueta Gucci, camiseta justinha. Tinha investido uma grana em roupas que me dessem algum status entre a boleirada — saía muito mais barato que comprar um carro, afinal.

Cheguei para o treino e, enquanto fui estacionando a bike, vi que tinha um ônibus nos esperando em frente ao Armani. Surpresa do dia: jogo treino contra o America, um time sobre o qual eu não tinha nenhuma informação. Mas para mim dava no mesmo: America ou Real Madrid, eram todos times profissionais, de jogadores profissionais, contra um amador envolvido numa loucura de querer jogar profissionalmente. A taquicardia começou cedo.

A comissão técnica e os jogadores já estavam todos por lá, prontos para embarcar, quase todos com sua térmica e seu mate na mão. Acho que, por ser jogo treino de pré-temporada, nem uniformizada a turma estava. Soprava um vento frio, mas o dia estava bonito. Antes de por o pé no maltratado ônibus do Defensa, mandei uma mensagem curta para o Roger: "America. Jogo treino". Entrei no ônibus e sentei logo na frente, do lado do Navarro, nosso goleiro e jogador histórico do Defensa. Dono de um rabo de cavalo de respeito e conhecido pelo mau humor, era um cara importante para eu me aproximar.

— Que tal o America?
— Subiram ano passado. Mas sempre encardidos.
— De repente a resposta do Roger apitou no meu bolso. "Time tradicional, campeão algumas vezes da segunda e um dos poucos pequenos a ser campeão da primeira, quebrando a hegemonia da dupla Nacional e Peñarol. Outro que conseguiu a façanha você sabe quem é" "Defensa?" "Yep".
— Eles já foram campeões da primeira também, não? São rivais do Defensa?
— Bem informado, Júnior. Com estádios tão próximos, não tem como não serem rivais – respondeu o Navarro antes de colocar fones de ouvido e sinalizar que a conversa tinha acabado.

De fato, o ônibus não andou nem 5 minutos quando começou a reduzir a marcha nos arredores do Parque Battle, onde está o histórico estádio Centenário. Vi suas paredes acinzentadas e um trecho das enormes arquibancadas celestes. Teria a sorte de estrear logo ali? A ilusão acabou quando o ônibus passou reto e contornou o parque para entrar na próxima à direita, onde ficava o modestíssimo estádio do America, situado às sombras do Centenário. Suas paredes grenás de tijolinhos pichados com todo tipo de porcarias deram até um certo alívio. O Parque America lembrava um campo de várzea no Brasil, e não chegava a assustar quem já tinha jogado em um punhado de estádios acanhados como aquele na juventude. No Uruguai, fui me acostumando aos poucos, os times estavam todos em Montevidéu ou nos arredores — era como um campeonato brasileiro realizado num raio máximo de 30 quilômetros da Praça da Sé.

Fui escalado no time titular, uma irresponsabilidade danada do Osmani. A preleção foi feita ainda no ônibus, sem grandes pretensões táticas. Era, como explicou o professor, uma oportunidade de reencontrar a bola após as férias. Seriam dois tempos de 40 minutos, com substituições livres. Nem uniforme oficial os times usaram, só uns coletes, me-

35

tade azul e metade vermelha, fornecidos pelo time da casa. Descemos do ônibus e entramos por um estreito portãozinho azul de ferro que dava direto ao campo. Não havia torcedores nos esperando, nem jornalistas curiosos. As chuteiras de travas de ferro faziam um barulho seco ao tocar o calçamento e, apesar da modéstia do estádio, me senti um soldado marchando para a guerra.

O Matias, com o mesmo agasalho surrado e o cabelo bagunçado do dia anterior, coordenou um aquecimento rápido. Corre, toca no cone, lado, lado, lado, volta de costas. Repete. Repete. Em 15 minutos já estávamos em campo, prontos para começar. Não havia juiz. Foi o próprio Osmani quem apitou, do banco. Simples assim: minha aventura de jogador se tornava realidade.

O ritmo de jogo era muito mais intenso do que eu conhecia na várzea, mesmo em pré-temporada. Os passes, mais rápidos do que eu estava habituado. Os encontrões, mais duros, capazes de me jogar no chão em qualquer ombrada. Mesmo naquele jogo treino, os caras passavam por mim e diziam atrocidades sobre minha família, apertavam minha bunda, pisavam no meu pé. E nada de eu ver a cor da bola. A coisa se encaminhava para um desastre, com minha incapacidade de jogar profissionalmente sendo desnudada na estreia. Pior, minha falta de qualidade ficaria latente para toda a cidade, já que, da avenida em volta, dava parar ver o que acontecia lá dentro do Parque Palermo. As arquibancadas eram baixas, e o gramado esburacado parecia uma continuação do parque em volta.

Comecei a achar até que estava correndo errado, o joelho não obedecendo a cadência das pernas, embora nenhum dos meus companheiros prestasse especial atenção no que eu estava fazendo. Torcia para passar batido na multidão de 21 caras que, esses sim, corriam como atletas olímpicos. Olha esse aqui, que pernas torneadas, que braços. E aquele ali, caceta, como pula alto o filho da puta.

LUCAS AMORIM

Estava misturando esses pensamentos à busca pela coordenação motora quando, contra todas as expectativas, pelo menos contra as minhas, aconteceu algo espetacular naquela manhã no acanhado Parque Palermo. Lá pelos 20 minutos do primeiro tempo, depois de uns dez toques pouco ambiciosos e meio desajeitados na bola, cometi a imprudência de me mandar para o ataque e me posicionar no rebote de um escanteio. Mais imprudente ainda foi Pizzorno, o jovem e descabelado lateral esquerdo, que me viu ali sozinho e, talvez por algum senso de hierarquia, deu uma fatiada na bola e me mandou a meia altura. Antes tivesse me jogado uma granada destravada.

Porque ali, naquela situação, de duas, uma: ou eu pegava de primeira e mandava no ângulo ou furava e trançava as pernas numa queda para acabar com a mais curta carreira da história do futebol sul-americano. A bola azul, verde e branca veio como em câmera lenta, refletindo a luz do sol de inverno uruguaio. Uns pinheiros se mexiam ao fundo. Fechei os olhos e peguei de primeira, tirando da cartola uma chispa de Zidane que me habitava recôndita. Para minha surpresa, acertei a bola exatamente com a parte do pé que imaginava, e o barulho do contato com a chuteira me encheu de esperança. Não deu outra. A bola viajou como um quero-quero feroz e foi dormir no fundo da rede, a dois palmos do ângulo esquerdo, no maior feito esportivo de minha vida. O goleiro nem se mexeu.

O time todo correu para me abraçar e até os adversários no banco largaram seus mates para baterem palmas tímidas. Não era um gol que se via todo dia. O difícil foi manter a fleuma: comemorei com dignidade, fazendo um esforço tremendo para não deixar transparecer a euforia que me invadia. Corri até o banco para cumprimentar os reservas e a equipe técnica.

— E essa, de onde saiu, Júnior? — Me abraçou timidamente o treinador Osmani, para logo na sequência me puxar pra fora de campo. Substituído. Minha participação no jogo treino tinha terminado em apenas 20 minutos. Melhor impossível.

Passei o resto do jogo com bolsas de gelo nas coxas, sentado ao lado de Osmani, discutindo situações de jogo. Ele parecia estar preocupado com algo, com o pensamento longe, como de costume.

— Pensei em colocar você de oito, e não de cinco, para que possa chegar mais vezes ao arco adversário.

— Como preferir, professor. Posso fazer um cinco que abra uma linha de três com os zagueiros na saída de bola, dando mais dinâmica no passe.

— Como faz Busquets en Barcelona?

— Sim. Ou Medel no Chile.

— Você mudou nossas possibilidades para a temporada, me criando bons problemas.

— Por que, professor?

— Não te conhecia. Mas tuas referências foram muito boas e o Vidal me convenceu – disse com um ar resignado, enquanto inclinava a térmica para se servir de mais uma rodada de chimarrão. – Ele mesmo conversou com os líderes do elenco antes da tua chegada, disse que você não teria tratamento especial.

— Fez bem. Era só o que faltava, professor.

— Como não tinha muito a perder, aceitei. – Deu o último trago no chimarrão, que fez aquele ronco seco de quem suga uma cuia vazia. – Faz o seguinte: apareça para jantar na casa do Vidal amanhã. Temos muito a conversar sobre a temporada.

E, olhando de novo para o campo, emendou: "foi pênalti, professor"! O juiz deu, e nosso goleirão Navarro converteu. Acabamos vencendo por 2 a 1, com gol de honra do Central, no finzinho. Não importava, a estrela do dia tinha sido eu. Fui aplaudido de novo ao entrar no ônibus. A turma fazia uma festa desinteressada, mas era obrigada a reconhecer minha façanha. Depois de uns segundos, o silêncio voltou a imperar. Voltamos devagar, sentindo cada lombada e cada buraco no chão, descendo a 30 por hora a avenida em direção ao Rio da Prata. A vida parecia mais fácil em Montevidéu.

LUCAS AMORIM

Descemos do ônibus recebendo a boa notícia que estávamos dispensados pelo resto do dia. "Descansem, craques", zombou o Osmani. Cumprimentei de longe meus colegas e caminhei com as pernas duras para a bicicleta, disfarçando como podia um princípio de cãibra. Dar bandeira ali seria terrível para meu personagem. Esperei uns segundos mexendo no celular, ao lado da bicicleta, segurando a vontade de acender um cigarro, o que também seria terrível para meu personagem. O uísque ainda estava no bolso de dentro da jaqueta, mas tomá-lo definitivamente seria terrível para meu personagem. Quando a turma se dispersou, fiz um esforço tremendo para subir na bike e pedalei devagar e com sofrimento até em casa. Pensava em qual seria o motivo da falta de empolgação do Osmani logo após meu gol de placa. Também estava tenso com o convite inesperado para jantar. A cem metros de casa, quando um semáforo fechou, minha perna direita não deu conta de me segurar e caí no chão. Um jogador profissional estatelado sobre as folhas secas dos plátanos uruguaios. Um corpo estendido no chão. Para minha sorte, não apareceu baiana, camelô nem vereador. Não havia bar ao lado. Sobraram eu e um silêncio constrangedor.

-

6.

Minha tia vinha acompanhando todas as minhas viagens pelo Instagram e estava tão curiosa com meu novo trabalho que me convidou para jantar um tempo depois. Disse para eu levar a Lara, minha nova namorada, e ainda perguntou o que eu queria, embora ela já soubesse o que eu ia escolher. Seu apartamento, ali na Francisco Leitão, em Pinheiros, era uma embaixada catarinense em São Paulo. Sempre tinha berbigão e siri. O berbigão vinha do mercado público de Floripa, já fora da concha, em pacotinhos de meio quilo. Não custava lavar antes para ter certeza que não ia sobrar nada de areia. O siri, limpo, vinha de Imbituba. Os dois ficavam incríveis refogados com azeite, alho, cominho, tomate, pimenta. Essa base virava recheio de pastel, escondidinho, empadão, macarrão. Naquele dia, o berbigão virou pastel e o siri, um aperitivo para as torradas. Depois ainda tinha uma tainha no forno, recheada com uma farofa de ovas com azeitona e uvas passas, que eu tinha encomendado na barraca de peixes, ali na feira da Mourato Coelho.

— Um brinde às uvas passas — brincou minha tia Estela, taça de vinho branco na mão — e um brinde ao meu jornalista de viagens favorito.

Já fazia um ano que eu estava trabalhando por lá, mas minha tia, dona de uma pousada na praia do Campeche, em Floripa, vivia na ponte aérea com São Paulo, o que fez com que o convite demorasse a chegar. Ela adorava falar de viagens. "Jovem tem que viajar e encontrar seus lugares no mundo", dizia. "Depois, se a carreira não engrena ou é preciso um respiro, já sabe pra onde ir".

— O que você mais gostou até agora? Onde seria seu respiro? – perguntou minha tia, orgulhosa de meu passaporte fornido.

— Itália. Como a tia sabe, fui também a Holanda, Portugal e Uruguai.

— Ele não parou de falar na Itália, e nas italianas... — completou a Lara, me olhando de soslaio.

— Narigudas, bronzeadas e despenteadas — completei, mantendo a picardia.

— Da Itália, além dos italianos, me lembro de uma pilha de coisas agradáveis — disse minha tia, taça de vinho na mão.

— As viagens que fiz a Verona, os shows de verão no teatro romano, os fins de tarde à beira do lago, em Desenzano di Garda, com aqueles cisnes encarapitados na água gelada.

— Eu vi esses cisnes. Achei meio brega.

— Virou sommelier de vida selvagem! – pirraçou a Lara.

— Espera que gostei de mais coisa – minha tia estava animada. — O pesto que se come em qualquer portinha de Portovenere, na entrada de Cinque Terre, os amaros que se tomam em Milão. Tudo isso é sensacional. Mas ó: não consigo me imaginar morando tão longe do Brasil.

— Nem pelos italianos?

— Nem, Lara! Também adoro a Holanda e os holandeses — são tão organizados e trabalhadores quanto os alemães, mas com senso estético. Na verdade, vou dizer. Homem nenhum me faz superar o frio europeu na escala de pontos positivos para um refúgio. Não dá.

— Portugal...

— Portugal até vai. Mais quente, aqueles tugas bronzeados. Mas e a chance de topar com um ricaço brasileiro? Se encantar por algum local e descobrir que não é do Tejo, mas do Tietê? Deus me livre: refúgio é para ser refúgio.

Rimos de cuspir vinho branco na mesa. E me pus a pensar nos comentários de minha tia. Revisitei por muito tempo aquele diálogo e aquela ideia fixa dela de ter um "refúgio".

Minha tia era da geração que foi jovem no Brasil dos anos 70, e tinha muito viva a ideia de que de repente é preciso agarrar seu caracol e partir porque alguém não ficou conforme com suas opiniões, com sua música, com o que você fala ou escreve. Ela passou uns meses justamente no Uruguai, no começo dos anos 70, após seu grupo de teatro em Floripa ter tido uma peça suspensa pelos militares poucos minutos antes da estreia, com os lugares todos vendidos numa ocupação ali na Vidal Ramos, entre as estreitas ruas do centro histórico e a poucas quadras do palácio do governo. Anos depois, a cidade ficaria famosa por ter prendido Gilberto Gil por porte de maconha e pela Novembrada, episódio em que o presidente militar da vez, Figueiredo, foi cercado por manifestantes que exigiam o fim do regime. Após quase ser acertado por uma batedeira das lojas Arapuã e ser hostilizado por uma pequena multidão, o sacana respondeu uma frase que entrou para o anedotário local: "minha mãe não está em pauta". Esse caldeirão estava apenas começando a ferver quando minha tia e seu grupo foram alvo de policiais que quebraram a cacetadas o precário cenário em que armavam uma peça do Nelson Rodrigues que, a rigor, não tinha nada de contestatória. Seja como for, minha tia e três amigos se meteram num Fusca e partiram para o Uruguai, refúgio histórico do Brizola lá nos anos 60. Ficaram um ano tomando mate e aproveitando mergulhos gelados em Punta del Diablo, no meio dos pescadores que tiram corvinas negras do mar mexido. Até hoje brinco com ela que foram eles que introduziram a maconha no país.

— E por que você não iria para o Uruguai? — me perguntou.

— Gostei do pouco que vi, tia – parei para pensar, mexendo no guardanapo. — Passei uns dias de rico em Punta del Este e em José Ignacio. Comi no restaurante do Malmann sem precisar deixar um rim, já que tinha sido convidado. Daria uns 200 dólares por pessoa o jantar, é sacanagem. –

Deixei o guardanapo de novo na mesa. – Mas não sei se é meu lugar dos sonhos para um refúgio.

— Refúgio bom é aquele em que você chega de carro, de moto, a cavalo, a pé – completou minha tia, que matinha sua veia de fugitiva dos anos 70.

— O mundo mudou, tia. Qual a chance de eu precisar sair correndo do Brasil por pensar diferente do vizinho, do governo? O Obama até visitou Cuba, viu um jogo de beisebol do lado do Raul Castro. O mundo está para conversas, e não para embates.

Minha tia me olhava com cara de quem via uma criança argumentando sobre doces.

— Tia Estela, o conceito de refúgio dos anos 70 não vale mais — interrompeu a Lara. Gostei da intimidade forçada de chamar minha tia de tia na primeira visita a seu apartamento. E o assanhamento continuou quando ela jogou o cabelão pro lado, apoiou o braço cheio de pulseiras na mesa de madeira com sua taça de vinho branco na mão e começou a teorizar sobre o futuro, como gostava de fazer: — Se a ideia é fugir, desaparecer, não precisamos entrar num Opala...

—... era um Fusca...

— Isso. Não precisamos mais entrar num Fusca e cruzar a fronteira. Eu, por exemplo. Sou eu mesma e sou várias outras pessoas nas redes sociais. Estou o tempo todo fugindo.

— Você tem minha atenção – falou minha tia, apoiando a taça na mesa.

— Online eu sou a louca dos brechós, a jogadora de poker agressiva, a dona de um bem sucedido hotel de cachorros, a influencer de criptomoedas, a pentelha nos fóruns de drinques. Volta e meia uma delas some, outra aparece. Elas não têm conexão entre si, amigos em comum, conta bancária dividida, nada, nada.

Minha tia olhava fixamente minha nova namorada.

— Posso aparecer e desaparecer estando aqui, nessa sala, com um delicioso cheiro de peixe vindo da cozinha. Também posso ser qualquer pessoa, ir a qualquer lugar. O metaverso já está por aí, tia. Eu mesma talvez nem esteja aqui amanhã — talvez não esteja agora mesmo, inclusive.

— Pera lá. Metaverso, teu cu. Que você só tem um, aliás. — Serviu mais um pouco de vinho pra ela e pra Lara, eu fiquei sobrando. — Do mesmo jeito que você se acha muito esperta, qualquer um descobre onde você mora. O metaverso pode estar em qualquer lugar. Mas você você, só existe uma, com dois braços, duas pernas, um pescoço e esse cabelão cheiroso. Quando alguém meter o pé na tua porta, quem foge é você ou o metaverso?

— Mas nunca foi tão fácil sumir, tia – chamou de tia de novo, eu ia rindo por dentro, com a taça vazia na mão. – Mole deixar pistas falsas, estar onde não estou. Abrir conta bancária em Hong Kong, criar um perfil no Instagram sobre as vielas de Teerã. Postar sobre noites de drinques na Costa Rica. Tudo isso aqui, sentindo o cheiro do Rio Pinheiros.

— E aí fala daquele lance de poder inventar até um passado.

— Então. Posso ter sido modelo, atriz pornô, astronauta. Ou posso decidir que serei a nova estrela do k-pop, com uma porrada de música inventada nas paradas de sucesso. Tudo isso com mais verossimilhança do que a minha história, ou a sua.

— Eu iria querer ser jogador de futebol se pudesse embarcar nessa fantasia. – Dei a volta na mesa pra me servir de vinho. — Nunca superei esse sonho juvenil. Daria tudo para criar um passado em que fui um grande jogador.

— Meu sobrinho queria ser o Messi.

— Nada! Nunca sonhei ser o Ronaldo Fenômeno, mas um jogador bom de bola que faz carreira em times medianos da Europa, ganhando uma baita grana sem precisar me esconder para ir num restaurante. – As duas riam, eu segui. — Um lateral ou volante habilidoso com passagem solitária pela seleção que hoje curte a aposentadoria jogando futevôlei e com aparições esporádicas em mesas redondas aleatórias.

— Você, o Craque Neto, o Veloso...

— Isso. Sabe aqueles jogadores que você olha e pensa: eu poderia ter sido esse cara com um pouco de sorte? Depois dos 30 a gente começa a achar que um pequeno detalhe lá atrás abriu uma boca de jacaré entre o futuro que você tem e o que poderia ter.

— Mas é isso mesmo. É a teoria do caos batendo na sua porta, mon amour. A diferença é que agora dá pra ser o que você não foi. Eu, lindinho, seria uma famosa escritora de romances água com açúcar, com um desses nomes que todo mundo acha que já viu em alguma vitrine. Você chegaria num café e a garçonete cochicharia para você: aquela moça ali é Luana Capolati, escritora traduzida em 15 países. E você daria um Google, e eu estaria lá.

— Você tem cara de Luana Capolati.

— Um lado maluco desse mundo em que vivemos é que quanto mais informação tem disponível, mais fácil é confundir os outros, dizer que uma invenção é real, ou que algo que todo mundo viu nunca existiu de verdade. É a consolidação da teoria do caos, do excesso que não traz conhecimento, do completo aleatório.

— Meu querido jornalista, vamos precisar de um outro vinho. – Enquanto minha tia me apontava a adega, Lara seguia.

— Não dá mais para separar a verdade da mentira. Um cara pergunta pro amigo se já viu uma série paquistanesa na Netflix sobre bonecos de neve e o outro não tem coragem de dizer que nunca viu. Fica todo mundo fingindo que está antenado, que sabe o que tá rolando. E ninguém sabe merda nenhuma. E só vai piorar.

Cheguei com o vinho. Tinto, dessa vez.

— Dá para usar isso para levar uma sociedade rumo ao precipício, fraudar a eleição do condomínio, aparecer na capa da revista como bilionário da maconha medicinal— ou para sumir no mundo, ou reinventar seu mundo, sem sair de casa. Dá até para ganhar muito dinheiro com isso.

— Oquei, gostei. Faz sentido. Mas na vida real você teria que se transformar num falsário. Passar os dias atuando. Ou você não ia mais sair do quarto? Ia ser tudo, tudo, online? — Todo esse papo é uma loucura, né, tia. E sim, precisaria ser um pouco de ator. Mas pior que sentar no café e fazer cara de escritor seria dar um chute a gol, ou ter que tocar uma música numa festa. – As duas olharam para o "wannabe Craque Neto" aqui.

— Não devia ter juntado vocês duas.

— É tipo aquele filme *Yesterday*, né. O cara era o único que sabia as músicas dos Beatles. Mas precisava saber cantar, ou ao menos enrolar no violão. Não podia ser um bosta completo. Mas informação é poder — explorar a falta de informação, mais ainda.

— Se eu invento que sou jogador de futebol e sei fazer o básico bem-feito, até o cara perceber que eu sou uma fraude já me dei bem. Já deu tempo de assinar contrato e tudo. Não com o Barcelona, mas com um Avaí da vida, dá.

O cheiro de tainha invadiu a sala. O peixe tinha passado do ponto, com nós três mergulhados na conversa sobre o tal renascimento em meio ao caos. Ainda assim, o peixe estava uma delícia, como sempre. Tia Estela sabia o que fazia.

Embora eu não tenha dado bola para aquela fuga uruguaia na época, eu estava pirado na ideia da Lara de fugir sem sair do lugar. Nos anos seguintes, a ideia de pegar a estrada e sumir do mapa sempre voltava em momentos aleatórios. Por que não fugir de uma vida adulta repleta de insatisfações e com uma renitente dificuldade de pagar as contas no fim do mês? O gatilho apertado naquela noite foi essencial para que, anos depois, eu decidisse juntar duas ideias: sumir fisicamente e renascer digitalmente. E escolhi justamente ser jogador de futebol, e no Uruguai. Meu caos particular. Mas não fui de Fusca. Fui escondido no porta-malas de um inescrutável Gol prata.

-

7.

Como na teoria não tínhamos carro, o Vidal mandou um motorista me buscar em casa. Já que a ideia era falar de trabalho e, esperava, tomar uns tragos, achamos por bem a Lara ficar em casa, curtindo o friozinho do inverno com uma torta pascoalina e uma garrafa de Tannat. O carro não era de luxo — uma Duster preta — e o motorista, o Juanes, era um figura. Um venezuelano falastrão que tinha chegado ao Uruguai fazia um ano e se revezava entre dirigir para aplicativo e para o "senhor Vidal". Foi simpático até quando, para minha surpresa, me pediu que eu o deixasse me revistar.

— Procedimento padrão do senhor Vidal.

— Claro.

Depois, já em movimento, me contou que tinha uma dívida de 15 mil dólares para pagar com seu empregador, o valor daquele carro.

— Vou pagando aos poucos, todos os meses.

Juanes me contou que havia começado a namorar uma cubana, que trabalhava em um salão de beleza em Montevidéu e que "tenia um cuerpo de puta madre". Me contou também que o jantar não seria em Montevidéu, mas em Punta Colorada, um balneário a uma hora da capital. Era fim de tarde, o que fazia da viagem um agradável passeio à beira-rio com o céu azul e laranja colorindo os naviozinhos lá no fundo. Recorremos inicialmente os mesmos lugares na Rambla por onde eu costumava passar correndo — sem reduzir o ritmo nas patinadoras, infelizmente. Depois de Malvin, até onde costumava chegar com meus pulmões, seguimos, desta vez pelo bairro de Carrasco, onde estavam as mansões e o reformado hotel cassino de ares intimidadores sobre o Rio da Prata. Em algum momento, viramos à esquerda e saímos da beira-mar, para meia hora na frente voltar a entrar à direita, rumo a Punta Colorada. O caminho, com o sol já posto, era um breu só, serpenteando por entre pinheiros, acácias e eucaliptos.

De repente, Juanes estacionou de súbito, derrapando no cascalho, e cheguei a ter um calafrio. O homem desceu do carro decidido, bateu forte a porta atrás dele e caminhou uns passos para encontrar uma mulher magra embaixo da luz do único poste de uma rotatória. Só aí reparei em suas roupas: calça preta e jaqueta também preta, de couro. Não conseguia ver bem o que eles estavam trazendo de volta para o carro, mas parecia uma carga que lhes pesava os braços esticados. Juanes soltou a carga no chão, o que provocou um barulho seco, abriu o porta-malas e lá dentro jogaram algo pesado e duro. Caminhou uns passos e entrou no carro. "Lenha", disse, ao girar a chave.

Seguimos mais uns minutos, dessa vez por estradas de chão, e de repente comecei a ouvir o barulho do mar. Ao virarmos à esquerda para outra ruazinha de terra, pude ver, à direita, uma casa moderna, de linhas retas, escura e envidraçada, e com umas vigas finas de concreto vermelho se destacando ao lado da enorme porta de entrada. Lá dentro, uma lareira acesa à esquerda e, à frente, uma enorme vidraça para o mar, que se debatia, revolto, uns 50 metros abaixo. Lá no fundo, sempre eles, os navios de carga iluminados. De camisa xadrez, com um charuto pendente entre os dedos da mão esquerda, Vidal veio me cumprimentar com um abraço e um beijo no rosto. Osmani, de camiseta preta justinha, repetiu o cumprimento.

— Vamos sentar — disse Vidal, apontando umas poltronas rústicas de toras e couro marrom. — Aceita um Cabernet?

— Uma tacinha — respondi, com a frase que havia ensaiado anteriormente. Não queria parecer descortês, nem ignorante, mas também não poderia me revelar um beberrão.

LUCAS AMORIM   48

— Agora me conte do golaço que você marcou ontem! Vi as imagens gravadas por nosso time de scouts, mas quero ouvir de você!

— Não vou ficar criando histórias, senhor Vidal. Nunca tinha feito um gol como aquele. Parecido, sim, alguns. Mas da forma como a bola veio, rasante, precisei improvisar e descolei aquele sem pulo, como chamamos no Brasil. Às vezes, na vida, precisamos tirar um coelho da cartola – tentei parecer natural, mas me dei conta que gesticulava de forma exagerada.

— Não tenha dúvidas de que o improviso faz parte da vida. Nem tudo acontece conforme o previsto, sobretudo no Defensa — respondeu Vidal, para em seguida dar uma baforada no seu charuto e esfumaçar ainda mais a sala climatizada. A madeira devia estar úmida na lareira, pensei. Era uma das coisas que já tinha aprendido em meus dias no Uruguai: madeira molhada esfumaça seu churrasco. Em vez de pensar no que o Vidal havia comentado sobre improviso, me peguei refletindo como seria bom se a lenha que o Juanes comprara na rotatória estivesse mais seca.

O vinho já veio servido na taça, e numa dose generosa, o que me garantiria uma hora de conversa. Até ali, tudo sob controle.

— Junior, não sei o quanto você sabe, mas Osmani tem décadas no esporte. Começou como atleta, se machucou cedo, recomeçou com os estudos, virou preparador físico, assistente, treinador. É um homem do ramo, estudioso, preparado. – Vidal falava olhando para o treinador, orgulhoso a seu lado. — Eu, não: sou um aficionado. Cresci e me criei nas arquibancadas, como torcedor fiel de futebol e de basquete do Defensa. Depois, militei nos bastidores, como conselheiro, dando palpites. – Falava devagar, com pausas para o charuto — Em paralelo, fiz um bom dinheiro no comércio, importações de alimentos, bebidas, eletrônicos, carros. Foi como comprei essa casa...

— Espetacular, por sinal.

— Obrigado. O sucesso nos negócios também foi a senha para fazer muitos aliados entre os velhotes do conselho. Tantos que nos últimos anos me organizei para virar presidente do clube. Achei que seria uma rotina parecida à de conselheiro, com um pouco mais de dedicação. Umas confabulações nos bastidores, uns vazamentos à imprensa, umas ideias mirabolantes e pronto. O funcionário apareceu, mas Vidal fez um sinal seco com a mão para que saísse.

— Como eu estava errado. Tudo mudou. O grau de cobrança, de preocupação, de estudo que precisei fazer são de um patamar inimaginável. Os últimos três anos não foram um passeio no parque. – Pausa para nova baforada. — Gosto muito de boxe, e das lições do boxe. Um lutador da minha época, Sugar Ray Leonard, dizia que é diferente quando você se torna um profissional. "Porque você também se torna um profissional." E virar um profissional é difícil demais. Por sorte, agora parece chegada a hora de aproveitar: temos um time em condições de brigar pelo título. Não? – concluiu, olhando para nós dois.

— Você luta boxe, Júnior? — perguntou Osmani de supetão. A conversa me surpreendeu. O quanto eles sabiam sobre meu passado, e sobre minha rotina na cidade nas últimas semanas? Tomei um bom gole de vinho e tratei de evitar ser pego em contradição.

— Para me chamar de boxeador falta muito, professor. Troquei uns golpes no clube de Palermo nas últimas semanas, para manter a forma e a cabeça no lugar. Não há lugar mais solitário que lá em cima do ringue, não é mesmo?

— Segundo Frank Bruno, é o mais difícil e solitário dos esportes. Talvez você pudesse se testar como boxeador. Ainda há tempo. — A fumaça seguia, e minha cabeça estava começando a doer. Senti um suor escorrer pelas costas. Calor pelo fogo?

— Como os senhores sabem, me mudei para Montevidéu por uma decisão de vida: quero morar no país quando me aposentar, e não pretendo me aposentar em muito tempo.

Tive a sorte de aportar no Defensa. Há alguns anos comecei a lutar boxe para passar o tempo, em casa. – Já que não parava de gesticular, simulei uns golpes no ar, ainda sentado na cadeira. — E nas últimas semanas comecei a frequentar o clube de boxe de Palermo. Mas parei de ir assim que assinei o contrato que tanto me orgulha. Não tenho energia para tanto.

— E me diga uma coisa. De todos esses países onde você morou, qual a melhor comida? — Vidal me deixou sair das cordas e emendou outro tema aleatório para, certamente, me pegar no próximo round.

— A da Bulgária, definitivamente não. Odiava aqueles ensopados de carne, estilo goulash. Cabrito assado também não era pra mim. Em Hong Kong aproveitava as folgas para me aventurar nas comidas de rua. Havia umas muito boas.

— Sabe que eu gosto da Bulgária? Estive lá três vezes, negociando jogadores. Dirigente de time uruguaio vai mais a Sofia que a Manchester. Mas gostei do país. Uma mistura de heranças do socialismo com o império romano, grego, otomano. Você gostou de Sofia?

— Passei muito rápido, indo a jogos. A cidade onde morei ficava longe. — Vidal estava com mais uma isca na água, pronto para me fisgar.

— Verdade. Aliás, adoraria começar uma parceria com o Ludogorets. Você me ajudaria nos contratos?

Graças ao bom Roger, os sites de todos os times em que eu havia jogado, assim como a Wikipédia, sempre que acessados desde o Uruguai, apresentavam meu imaculado currículo. Se desconfiavam de algo, eles teriam que ir mais fundo. Pegar-me em contradição era um caminho, claro. Mas não seria naquela noite que eu ia me falar bobagem — não com apenas meia taça de vinho na cabeça, pelo menos.

— Coloco o senhor agora na linha com o Kiril — respondi, já buscando um contato em meu celular. Contra-ataque estilo Liverpool, o meu. Não dei nem chance de resposta e fui passando o celular ao gordo safado do Vidal.

— Não atendeu — me respondeu. Do outro lado da linha não estaria um bilionário búlgaro, evidentemente. Estava o Roger, em seu porão abarrotado de refrigerante, para qualquer necessidade. Mas tinha combinado com ele de deixar dar linha na primeira ligação. Uma nova chamada seria sinal de apuros, e aí ele atenderia de qualquer forma. Nesse meio tempo, chegou a entrada: camarones ao ajllo. Foi quando o Osmani, também com uma taça em mãos, tomou a palavra e foi direto ao tema que, para ele, parecia o principal da noite. Para mim, tinha pinta de mais uma isca jogada. O camarão estava uma delícia, mas um pouco passado do ponto.

— Junior, vamos começar a temporada em duas semanas com um plantel pouco experiente. Pisano, com passagem pela seleção e carreira na Itália e Espanha, é nosso expoente técnico, mas não gosto de ter goleiros como capitães. Depois, os dois laterais são jovens e promissores, tanto o Gimenez, que te deu o passe, quanto o Pizzorno, são da fronteira e têm um estilo bem brasileiro, de ir para o ataque. Mas não conte com eles para liderar o grupo.

Vidal riu, se engasgou com fumaça e voltou a rir. Osmani seguia.

— A dupla de zaga é de minha confiança, tanto Deicas quanto Bouza. Mas tenho consciência que funciona apenas para este ano, quando não tempos jogos internacionais. No torneio local, intimidação e falta de velocidade fazem uma combinação que ainda funciona. No meio, temos você e mais um trio de bons garotos: Stagnari, Carrau e Garzon. Todos com bom passe, ótimo potencial de venda, e nenhuma chance de liderar um elenco. – A descrição, para minha surpresa, casava com o pouco que tinha visto do elenco. Fiquei pensando que conhecia mais de futebol do que imaginava. — Na frente, Irurtia e De Lucca, dois atacantes eficientes e rodados, mas sem os cabelos brancos necessários para a faixa de capitão.

— Logo — se adiantou Vidal —, queremos te oferecer a faixa. Mas...

— Mas para isso não podemos ter dúvidas sobre seu histórico e sua visão de jogo — completou Osmani.

LUCAS AMORIM

Chegou uma nova entrada: chipirones fritos, a boa e velha lula. O jogo seguia. Por sorte a fumaça havia amainado. O vinho da minha taça estava acabando. A cada intervalo de 30 segundos ficava na dúvida se o jantar era um agradável encontro para me adular, ou um teste para desnudar o falsário que havia se instalado em suas casernas.

— Nunca fui capitão, embora tenha exercido uma posição de liderança em alguns clubes, como vocês bem sabem.

— Claro — respondeu Vidal, antes de outra tragada no charuto. — Inclusive no seu último clube, o CRB, não?

— CSA — corrigi rapidamente e tomei um último gole do vinho. Decidi pedir outro e fiz sinal ao funcionário escondido nas sombras.

— Quero um capitão mais no estilo brasileiro, que lidere o time tecnicamente, que no estilo uruguaio, de se impor pela força. Mais Cafu que Paolo Monteiro. E, definitivamente, não queremos alguém com milhões de seguidores nas redes sociais, isso é pura perda de foco. — Concordei, tomei um trago de vinho e pedi licença para ir ao banheiro. Quem caralho era Paolo Monteiro mesmo? Rojão respondeu rápido: um zagueirão uruguaio que jogou na Juventus e conhecido por jogar "no limite", o que o levou a quebrar o recorde de expulsões no campeonato italiano, com 16.

Saí do banheiro e a janta estava servida: corvina negra assada. Hora de eu jogar mais uma isca na água.

— Professor Osmani, senhor Vidal. Tenho profundo respeito pela capacidade de avaliação do corpo técnico do Defensa. Mas... está deliciosa a corvina, obrigado pelo convite. Me faz lembrar as tainhas assadas que como em Floripa. Peixes de águas frias com muita gordura para queimar nas brasas. – Apontei para o mar negro nervoso lá fora. – Mas, como dizia, há anos não encontro um atacante com a capacidade técnica de Irurtia. A faixa o colocaria de vez na primeira prateleira, faria um bem enorme a todo o plantel. E uma possível venda gorda para o Brasil – consegui a atenção dos dois e segui, pela primeira vez tranquilo na noite. — Eu seguiria, com toda a humildade, como um dos líderes informais do elenco, longe dos holofotes, como sempre foi minha característica. Foi o que fez Tite com Neymar, por exemplo, ao promover a capitão seu melhor jogador.

— Vou pensar na contraproposta — respondeu Osmani.

— Mas sigo cada dia mais confiante no que vamos construir. Teremos muito a conversar na temporada. Para um time em nossa situação, todo tipo de cuidado no arranjo tático será decisivo.

Vidal levantou com algum custo da cadeira, foi até o canto da lareira e pegou um machado. Veio em minha direção. Esticou a mãozona manchada e, dois palmos acima da minha cabeça, pegou uma tora. Colocou em cima de um toco cortado, do lado da lareira, e cortou no meio com um golpe forte, para depois jogar as duas partes no fogo. O sujeito tinha algo de bonachão, mas mão pesada. Dei uma golada no novo vinho tinto que me serviram. Era outro, mais encorpado, e combinava com a corvina com gostinho de lenha. Enquanto engolia devagar, fiquei me sentindo como Alexei Ivanovich, o Jogador do Dostoiévski, usando e sendo usado ao mesmo tempo, sem saber quem tinha a melhor mão naquela peculiar noite de jogo em Punta Colorada.

Na saída, Juanes reforçou minhas suspeitas ao me abrir a porta do carro: "vou precisar acelerar porque tenho mais um serviço essa noite, senhor". Eram 23h30, horário em que os motoristas de presidentes de clubes de futebol uruguaios já não costumam ter grandes missões.

8.

Assim como no Brasil, as coisas na revista de viagem também foram desmoronando rapidamente. Pouco mais de um ano depois de eu entrar, a bonança foi se transformando em carestia. Vivi um primeiro ano incrível, em que depois de cobrir a licença maternidade acabei contratado em definitivo, com uma viagem atrás da outra. Mas no segundo ano bati ponto na redação. Em vez de mandar seus repórteres aos lugares, a editora passou a receber conteúdo pronto de freelancers locais. Para a gente, sobrava o trabalho de editar o material, subir no site e preparar as páginas da revista. Meses depois começaram as demissões, primeiro pontuais, depois em larga escala. Minha vez não demorou a chegar, num dia que os desligamentos eram tantos que tive que pegar uma senha, como em num banco ou no balcão de frios do supermercado. Horas depois estava de novo no mesmo bar com o Matias, dessa vez com mais garrafas de cerveja acumuladas no canto da mesa amarela e comendo com mais ansiedade os tremoços, às mãozadas.

— Tio, vem eleição aí e vai abrir uma pá de vagas nos jornais e sites de política. Eu comecei a frilar para o Diário. Vou ficar de ouvido em pé.

— Sei não, Matias. Estou precisando de grana, mas cobrir eleição é dureza. Ainda mais essa que está vindo aí. Já pensou entrar num jornal e te colocarem de carrapato de um candidato maluco desses? Não sei se vale a grana.

Estávamos em fevereiro de 2018, naquele período pré-carnaval em que você não sabe se começa a levar o ano a sério ou deixa isso para duas semanas depois. Um clima meio de fim de verão, meio de fim de mundo, com pessoas fantasiadas e com pouca roupa dividindo a fila da padaria com engravatados. Eu não estava no grupo dos engravatados, infelizmente, e estava criando coragem de me assumir como o maluco da pochete dourada com lantejoula. Minha demissão veio na pior hora possível neste sentido: a vontade de deixar alguma decisão para depois era enorme. E a vontade de trabalhar com política, nula. Um ano antes das eleições, o pleito já se desenhava entre, de novo, Lula e os lava-jatistas que iam em multidão às ruas de verde e amarelo. Meu grupo de amigos se dividia entre os que ainda amavam e os que já haviam se desiludido há tempos com o PT. Tinha uma turma crescente que queria a continuação do Temer, o vice que havia se apossado do Planalto atuando nas sombras. Eu só queria um trabalho que pagasse minhas contas, se possível longe daquele debate político que, tal qual a economia do país, não avançava. Como tinha Copa do Mundo dentro de alguns meses, capaz conseguisse algo temporário cobrindo o mundial. Acompanhar a seleção da França ou da Costa Rica seria muito melhor que acompanhar o Levy Fidelix, não tenha dúvidas.

— Boy, desce duas Busca Vida que hoje estamos celebrando! — Matias interrompeu minhas fabulações.

— Celebrando o que, hein?

— Teu futuro brilhante como repórter de política. Enquanto você estava aí viajando troquei umas mensagens com a turma do jornal e descobri que tem vaga aberta pra quem gosta de viajar. Você, claro! Amanhã 15h tem entrevista lá no jornal.

— Porra, você devia ser headhunter. Qual a função, hein?

— De início, é para colar num dos nanicos.

— Tipo o Levy Fidelix?

— Tipo! Seria demais.

Não deu outra: Matias me arrumou emprego mais uma vez. Acabei ficando no jornal por mais de três anos, até minha fuga para o Uruguai. De fato, viajei um bocado, primeiro acompanhando o Levy, o Álvaro Dias e, na medida em que Marina e Alckmin foram perdendo relevância, passei a acompanhar eles também. Os candidatos com chance ficavam com os repórteres mais experientes. Um número crescente de jornalistas passou a acompanhar o Bolsonaro, o capitão do exército que de repente virou favorito numa corrida maluca. Quando ele tomou a facada em Juiz de Fora, o Matias estava lá. Eu, por outro lado, estava cobrindo um passeio do Alckmin numa feira de rua em São Paulo. Ele tinha aquele jeitão sem graça, mas era gente boa, se interessava pelas pessoas, perguntava da família, da escola, do trabalho. Acabei gostando dos personagens da política. Falava muito com os marketeiros e me interessava pela narrativa que criavam. Eles tinham o poder de pegar ilustres desconhecidos e transformar num produto aceitável para as massas – ou para alguns milhares de eleitores. As lições no fim das contas foram valiosas para que eu pudesse criar o Júnior Cabral, um personagem que precisava ser aceitável para algumas dezenas de pessoas. Uma das máximas preferidas pelos marketeiros era, acho, do Duda Mendonça, e seguida por muita gente: "Seu jeito de falar e seu modo de agir não podem ser mudados. Se você tenta modificar o seu candidato, ele deixa de ser o que é e nunca consegue ser o que você quer que ele seja".

O Junior que criei, anos depois, era eu mesmo, talvez com a barba bem cortada do Lula de 2002 em vez de com aquela cara de sapo barbudo que assustava a tradicional família brasileira de antes. O Júnior era o Dárcio de sempre, mas de jaqueta Gucci. Um boleiro que lia muito e falava de política e de gastronomia, mas com umas pitadas de sofrimento na história. Era um boleiro construído para ser aceito pelo eleitorado, mesmo que na essência fosse vazio como uma torta frita uruguaia. Era, em suma, um boleiro construído com base em conhecimentos canhestros de marketing político.

-

9.

A rua José Maria Muñoz, com suas duas quadras de sobrados de dois pisos que viveram seu auge nos anos 50, ficava a apenas 800 metros do Armani. E a 800 metros de meu apartamento, bem no meio do caminho, o que facilitava a visita ocasional. Parava a bicicleta na rua estreita e olhava para os dois lados antes de apertar a campanha do número 183, um imóvel com dois janelões no térreo e três no primeiro piso, antes do terraço. Ali, depois de uma grade reforçada e de uma porta pesada, descendo uma escadaria íngreme que em vez de corrimão tinha fios de conexão colados à parede, chegava no covil do Roger.

Engenheiro de computação e meu amigo de infância em Floripa, nos últimos anos tinha uma vida de nômade digital raiz, morando em lugares como Tailândia, Islândia e Guatemala. Fazia um ano que tinha chegado ao Uruguai graças a um cargo bem remunerado num site de venda de produtos de Canabis e a impostos camaradas para quem almejava acumular fortunas, como ele. Trabalhava também num site de roupas usadas em Portugal e em outro de delivery, na Índia. Tudo em período pretensamente integral, e em dólar. Além disso, estava montando com uns amigos uma incipiente mineração de criptomoedas no Paraguai, aproveitando uma esperada renegociação de contrato da hidrelétrica de Itaipu. "Os paraguaios vão parar de dar energia pro Brasil e vão usar pra eles. E para quê? Para virar uma usina de produção de moedas, cara. Cripto e cigarro falso, isso que vai mover o país. E usando a energia que é deles".

Adorava os piros do Roger de tal forma que tinha embarcado num deles. Antes dos três empregos e da militância no mundo cripto, ele sempre tinha sido o hacker de plantão da turma de adolescentes que passavam os fins de semana de inverno fumando maconha num apartamento na praia do Campeche, em Floripa. Ele baixava filmes e jogos no Torrent, criava documentos falsificados, dava um jeito de comprar ingressos pro cinema e pra ver o Charlie Brown no Planeta Atlântida. Aos poucos, os serviços demandados ao Roger foram ganhando complexidade. "Preciso de uma 38 no mercado negro", "dispara o alarme da casa do meu chefe", "turbina essa votação a favor de uma nova churrasqueira no site do condomínio". Ele sempre dava um jeito — e, desconfiávamos, fazia coisa muito pior para gente muito mais esperta que nós.

Naquela quarta-feira de jogo do Corinthians em que minha vida virou de cabeça pra baixo, foi ele mesmo quem me alertou sobre o que estava acontecendo. "Darcinho, que porra tá rolando com teu perfi no Twitter, querido?". Passamos aquela madrugada remediando a situação até que me vi sem chão.

— Rojão, e amanhã, cara? Acordo e faço o que?

— Cai fora daí. Te arrumo um documento na amizade e tu sai do Brasil sem ser visto.

— E pra onde?

— Vem pra cá.

— Onde você está mesmo? Irlanda?

— Montevidéu. A quatro quadras do Rio da Prata. Imposto baixo, fuso bacana e amplos porões.

— E o que eu vou fazer aí? Morar no teu porão?

— Isso a gente vê depois. Mas venham vocês dois. Mercosul entra só com identidade. Passaporte é mais cri-cri de falsificar.

— Não vou entrar em avião, Rojão. Já espalharam minha foto por aí. Tem muita chance de ter um maluco vindo pra cima de mim. Vamos de carro.

— De Gol 2008 até o Uruguai? São 2 mil quilômetros, cara.

— Quando você me entrega os documentos?

— Amanhã de manhã meu chegado deixa aí contigo.

— Tá. Preciso organizar a viagem. Aí só falta descobrir o que fazer aí.

— Como assim?

— Já que vou mudar de nome, vou mudar de profissão, cara. Recomeço geral.

— E o que você vai ser? Entregador de pizza?

— Jogador de futebol.

— Tá bom! Se liga! Você até jogava direitinho, beleza. Mas não dá pra ganhar dinheiro com isso, tá maluco?

— Chegando aí te explico. Melhor: a Lara te explica.

— Demorou. Tua capivara estará contigo amanhã cedo. João Pedro Cabral é teu novo nome, beleza?

— Júnior. João Pedro Cabral Júnior.

— Beleza. E Isabel Borges de Souza.

— Tá.

Meses depois, naquela minha visita ao porão dele, já conseguia dar risada daquela noite tensa.

— Você podia ter me sacaneado no nome novo.

— Nome falso não pode chamar atenção, irmãozinho. Mas vem cá, o que queria te dizer hoje não é isso. Levantei as informações que tu me pediu do tal do Vidal.

— E?

— Tira essa caixa de pizza do sofá e senta aí. — Além do detonado sofá de couro falso preto, o porão só tinha a mesa do Roger com meia dúzia de telas de trabalho. Com um toque no teclado, elas passaram a exibir imagens diversas do presidente do Defensa Sport.

Depois daquele jantar em Punta Colorada, eu tinha pedido ao Roger que levantasse o que conseguisse sobre Vidal, Osmani e Juanes, o motorista venezuelano. Roger não era investigador profissional, mas se existisse alguma migalha de informação solta na internet ou na deep web, ele encontraria. Minha maior preocupação àquela altura, uma semana depois de começada a pré-temporada, era ter algo forte o suficiente para contra-atacar quando fosse necessário. Meu desempenho ruim nos treinos já estava deixando claro que o golaço no jogo contra o America não me daria salvaguarda eterna. A tatuagem de um número oito estilizado com uma cobra coral que tinha feito no pescoço também não me faria ser automaticamente um deles — por que eu tinha feito aquela cagada, aliás? Na parte física eu continuava bem, já que havia começado a temporada melhor que meus companheiros, embora já começasse a ficar claro que a memória física do resto do time faria com que em uma ou duas semanas minha vantagem virasse fumaça. Preocupado, pedalava pela cidade ouvindo áudios de ícones do esporte, como Lewis Hamilton, que tinha como mantra o "never give up mentality". Desistir eu não iria, mas daí a levantar mais de 120 quilos no leg press era outra história. Eu já tinha até desenhado uma saída honrosa caso o cerco se fechasse: iria inventar uma negociação com o mundo árabe e sumir de novo. A mentira dentro da mentira. Mas esperava muito poder aguentar umas semanas para receber alguns salários — e também porque aquela história de ser jogador de futebol era uma loucura bem da divertida. Desesperado, já me sentia o fracassado jogador da crônica do Eduardo Galeano, a quem a "fama, senhora fugaz, não deixava nem uma carinha de consolo". A minha fama, ao que tudo indica, tinha sido tão fugaz quanto um chute no ângulo num jogo treino num estádio caindo aos pedaços vestindo um colete azul descosturado.

— Seguinte: o Vidal mesmo está metido em algo.

— O que você descobriu?

— Olha essas imagens. São furgões e furgões que saem de um endereço de uma empresa de um laranja dele, em Canelones, a cidade aqui do lado. É um galpão abandonado no meio do campo, cercado por vacas e ovelhas. Por sorte, fica na beira da estrada, então a câmera de trânsito pega.

— Espera. Dá um zoom no motorista. Caramba, é o Juanes, o cara que me levou para o jantar. E o que tem nas vans? — Pelas câmeras das rodovias, dá para ver que as vans vão em direção ao Brasil. Olha elas aqui passando por Santa Tereza rumo à fronteira. E passam pela aduana sem ser incomodadas. São cinco, seis vans por semana. — E o que elas levam? Certeza que não são laterais direitos, que está complicado no Defensa. — Se liga. Não tenho certeza do que tem dentro, mas olha isso. No mesmo endereço em Canelones chegam uma a duas carretas por semana. E sabe o que uma delas trazia, pelo que dá para ver das caixas nessa imagem aqui? — Mesmo com o zoom, ficava complicado distinguir algo entre os borrões formados pelos pixels na tela.

— Fala, carai.

— Copos Stanley.

— Para. Aqueles copos térmicos caríssimos?

— Pensa bem, faz sentido. O Uruguai é um grande consumidor de garrafas térmicas Stanley, que tão no mate diário de quem pode pagar. Aí o sacana do Vidal usa algum arrego no porto e manda os copos para o Brasil na faixa. Chegam lá custando nada e vão para as lojas de grã-fino a 200 reais.

— Porra, o cara é traficante de copo Stanley? Não pode ser.

— Surreal, né? Queria eu ter tido essa ideia.

-

10.

Depois de dormir jogados no sofá acordamos eu, Lara e Matias com uma chamada do porteiro, no interfone. "Que jogo ontem, hein?", me provocou. Não me interessava em nada o resultado e respondi com um anódino: "Foda. Falaí, Renato". Tinha uma entrega que demandava assinatura. Só podiam ser os documentos mandados pelo Roger. Não eram. Era um envelope sem remetente. Tentei abrir apressado, tremendo. Precisei de ajuda do Juan, que cortou o envelope com uma tesoura. Dentro, um plástico bolha e, dentro do plástico bolha, um cheiro horroroso que rapidamente invadiu. Parecia aqueles cheiros fortes de carne maturada, mas muito pior. Lá no fundo do envelope, um bife ensanguentado. Um bife, cara. E umas fotos minhas, da Lara, dos meus pais. Deixei tudo cair no chão e o sangue esparramou pela portaria, sujou minhas calças, as do Renato, as paredes encardidas.

Fiquei uns segundos paralisado, o Renato pálido do meu lado, até que o interfone nos despertou. Era um motoboy, com outro envelope. E, de novo, para mim. Antes que eu pudesse falar "não deixa ele entrar!", o cara já estava subindo a rampa, com chiclete na boca e olhar amistoso.

— Pode assinar aqui? – perguntou ao porteiro.

— Deixa que eu assino — respondi numa voz que quase não saiu.

Fiz um rabisco qualquer e peguei o envelope. Tinha decidido abrir. Peguei a tesoura com a mão respingada de sangue e fiz um recorte todo torto, trêmulo. Mas fiz bem em abrir:

eram os documentos enviados pelo Roger. Olhar meus próprios documentos, com minha foto, nomes e dados totalmente inventados foi um choque que me fez acordar. Passei do medo à excitação em segundos. Se havia alguma dúvida de que era hora de cair fora, ela tinha sumido no meio do bife ensanguentado. Olhei os documentos. Éramos Lara e eu, e não éramos. Os nomes impressos eram João Pedro e Isabel. Já tínhamos nos transformado em nosso próprio metaverso. Peguei tudo e subi correndo para o apartamento. Quase derrubei a porta que já estava entreaberta. Lara e Matias tomaram um susto, claro. Eu estava agitadíssimo, e com a roupa respingada de sangue.

— Vamos embora. Já!

A Lara arregalou os olhos e me chamou no quarto. Fechou a porta e se encostou nela, pelo lado de dentro. Parecia mais cansada que assustada. Vestia um camisão branco com uma estrela do PT e uma calça de moletom preta, suja de restos de comida. O cabelo todo bagunçado. Ensaiou começar a falar duas, vezes, o dedo apontado para mim, e parou as duas. Na terceira, emendou.

— Eu vou. Nós vamos. Mas se em três meses a gente não se virar, eu volto.

— Beleza, beleza. Vamos? – Dei dois passos em direção à porta. A Lara não se mexeu.

— Você sozinho vai conseguir sumir melhor que comigo.

— Vambora, Lara!

— Esse rolo não é meu.

— Lamento, mas esse rolo é seu também. O entregador de bife sabe onde moramos.

— Que bife? E que porra de sangue é esse?

— Te explico no carro, vamos nessa.

O passo seguinte foi colocar em marcha o plano traçado na noite anterior, mas que precisou ser acelerado. Em vez de horas, tínhamos alguns minutos para cair fora daquele lugar, daquele país, daquela vida. O primeiro passo era encher o velho

Gol prata com duas malas que poderiam passar por de turistas e umas comidas para viagem — pipoca, salsichas, bolachas. O plano, na nossa cabeça de perseguidos políticos, era dirigir sem parar até o Chuí. Do que ficou para trás, minha ideia era em algum momento ligar para minha tia e pedir que se encarregasse. Avisamos o faxineiro que ficaríamos fora por uma semana e pedimos que tomasse conta das plantas e dos peixes (o Galeano e o Capote) na nossa ausência. A estrada foi uma aventura sem grandes sobressaltos. Quando passávamos por Joinville, Roger me escreveu no novo celular e avisou que os ataques haviam recomeçado — um perfil fake no Twitter tinha feito uma thread me ligando a algum governo pretensamente genocida da América do Sul. Não tinha limites para o absurdo.

— Sigam viagem que vou dando um jeito nos *motherfuckers* por aqui.

Seguimos. Balneário Camboriú e seus espigões que pareciam frágeis à beira-mar. Floripa, Garopaba, Tubarão e o trio tenebroso: Ermo, Turvo e Sombrio. Sobrevivemos e fomos descendo, no mesmo caminho feito por minha tia 50 anos antes. A cada duas horas alternávamos o volante, morrendo de medo de parar e sermos vistos.

Em Porto Alegre, fomos vencidos pelo cansaço e precisamos parar em um motel de beira de estrada. Foi a primeira vez que usamos nossas novas identidades. A chance de dar errado naquela recepção decorada com quadros desbotados do litoral gaúcho era zero. Ainda assim, foi um pequeno alívio o sucesso número um do casal João Pedro e Isabel. Descemos para comer um xis num carrinho na praça e pagamos com o novo cartão enviado pelo Roger: tudo certo mais uma vez. Confiantes pela primeira vez, nos acalmamos e dormimos até o despertador tocar às 5h, e voltamos correndo pro Gol. Faltavam 900 quilômetros para Montevidéu.

Chegamos perto das sete da noite, passando batidos pela fronteira desguarnecida, e fomos direto para o porão do Roger. Passamos a primeira noite lá, dormindo grudados no sofá-cama enquanto ele dava um de seus três expedientes diários. No dia seguinte, ele nos indicou um apartamento e topamos na hora — estamos nele até hoje. Além disso, nos levou para dar uma volta pelo bairro e, sorrateiramente, plantou uma sementinha definitiva. Viramos à esquerda no fim da rua, depois dobramos à direita na rua seguinte, a Acevedo Dias, em direção ao rio da prata. Menos de 500 metros depois, chegamos ao parque Rodó e já podíamos ver os muros roxos do Armani.

— Fiquei pensando ontem. Tu não queria renascer jogador? Por que não ali, que ao menos eu posso te ver? E tem outra: os caras acabaram de voltar para a primeira divisão e estão quebradaços.

Paramos para comer uma pizza e a Lara explicou ao Roger sua lógica de que o excesso de informação, a teoria do caos, era uma deixa para que eu fingisse ser um jogador renomado buscando um lugar no Defensa.

— O mundo é imprevisível, Roger. Se você furou o pneu da bike e se apaixonou pelo mecânico, sua vida toda mudou por causa de um prego. Então tudo é possível, o mundo está sendo reescrito a cada evento desimportante. Com o excesso de informações reinante na internet, o caos piora. Estou convencida de que não só o futuro, como também o passado, podem ser reescritos com alguns pregos jogados nos caminhos certos.

— E, Lara, vocês vão por essa teoria em prática com essa história de jogar futebol?

— A ideia é essa.

— Darcinho, querido: o teu passado como jogador eu crio agora, antes de terminar a pizza. Mas como vamos fazer o Defensa te contratar?

— Do mesmo jeito, Rojão. Burlando o sistema. Entra nas contas do clube e cria uma demanda pela minha contratação. Mete uma hashtag populuresca e a coisa vai ganhar tração.

— Olha, acho que temos uma chance aí, hein! – A cara de animação do Roger, com os olhos bem arregalados, me fez, pela primeira vez, acreditar de fato naquela loucura. — Mas antes vou recorrer ao mundo real: vou dar um jeito de algum blogueiro daqui publicar que vocês tão de férias no Uruguai.

— Ótimo. Mas me dá um mês para entrar em forma e a gente se estabelecer. Me adianta uma grana que te pago no primeiro salário. E nesse meio tempo vou agendar a visita do Ricardinho Dariam.

— Quem?

— Meu empresário.

— Quem?

— Um banqueiro que conheci uns anos atrás e virou meu portal para o mundo dos ricos em jantares que fazemos duas, três vezes por ano. O cara é mestre em negociação por Wharton – parei para ver se o Roger continuava me acompanhando. Continuava. — Fecha negócios de bilhões. Acho que dá conta de negociar com os cartolas do Defensa.

— Mas tu não criou essa maluquice justamente para ir contra o sistema? Aí descubro que não só se refestela em jantares Faria Limers, como vai usar dos conhecimentos do sistema para derrotá-lo?

— Esses jantares são os poucos momentos em que saio da caverna e paro de ver as sombras pra ver o mundo real. Minha dose trimestral de Platão. E dane-se que preciso do Ricardinho para negociar com os caras. Quem está sendo usado agora?

— E por que ele se meteria nessa?

— Ele está estudando oportunidades no mercado esportivo. Diz que o futebol vai viver um "*upside*" impressionante e ter tanto "*awareness*" para os investidores quanto o basquete e o futebol americano. Mas, entre nós: mais importante que tudo isso foi eu dizer que ele não conseguiria vender um peso morto como eu para uns cartolas uruguaios.

— Que argumentação sofisticada.

— Pois é, mas a sofisticação da quinta série funciona mais do que a gente imagina. Ele vem. E vem como ele mesmo, de cara limpa. Ricardo Dariam em pessoa, *partner* do banco Vision Toppers.

Animados, nos olhamos entre os três e avançamos para a pizza em quadradinhos, lotada de queijo muçarela, que esperava no meio da mesa. O queijo pendia de nossas bocas sorridentes.

-

11.

Era preciso virar à direita e subir mais de 500 metros, numa servidão apertada e curvilínea, para acessar o campo do Dortmund, no bairro Pantanal, em Floripa. Chegando lá, era necessário ir até atrás de um dos gols, ao lado do boteco e na frente do vestiário, para dar meia volta no ônibus de sorte que o time visitante entrava, normalmente para não sair. A recepção costumava ser feita ao som de fogos de artifício e cheiro de pólvora, e o público, embora não passasse de algumas dezenas de pessoas, era barulhento e arredio. "Vai morrer, demonho", era uma das saudações costumeiras. Mais tarde fiquei sabendo que o clube não deu saltos maiores em torneios semiprofissionais porque faltava cerca de um metro e meio de comprimento em seu maltratado gramado. O dilema da histórica agremiação era ficar onde estava, com ambições menores, ou demolir a sede, atrás do gol, para ampliar o gramado. Nunca soube que fim levou esse pequeno drama futebolístico, mas o fato é que esse 1,5 metro a menos foi decisivo para que meu futuro tenha sido como jornalista, e não como jogador de futebol. Vestia o azul e branco do Madri quando, de ré, nosso ônibus subiu a servidão Dortmund para a final do campeonato amador de Florianópolis. A ordem era já chegar uniformizado para evitar as amenidades no vestiário visitante. Aos 17 anos, eu tinha sido promovido ao time principal depois que um inesperado vendaval fez com que dezenas de flutuadores de ostras tivessem sido arremessados para cima de um barco de funcionários, lesionando o lateral esquerdo, um volante e o ponta direita do Madri. O lateral esquerdo reserva, por uma dessas coincidências da vida, também estava fora de combate, após um acidente de trânsito no trevo do Rio Tavares, que o fez escorregar no corredor do ônibus, pisar no pé esquerdo de uma senhora e torcer o tornozelo. Darcy precisou enfaixar o pé e eu, juvenil, virei titular da lateral esquerda no jogo mais importante do time em uma década. Ao contrário da história que inventei para o Júnior, não tinha rodado Brasil nenhum tentando ser jogador. Tinha no máximo rodado o Sul da Ilha, com algum destaque no infantil no Campeche e na Armação. Cheguei ao Madri buscando um último respiro numa carreira que, já estava ficando claro até para mim, não iria muito longe. Tinha me firmado na lateral esquerda do juvenil e vinha conseguindo me manter — a futura carreira de atleta amador em Floripa e arredores estava se consolidando. Eu queria mais, claro, mas acumulava frustrações em testes de times profissionais por todo o estado. Foram sete ou oito reprovações em menos de um ano. Àquela altura, portanto, nada era mais importante que a fogueira contra o Dortmund. Se nem ali eu conseguisse me destacar, o profissionalismo ficava ainda mais distante.

O jogo foi pegado como haveria de ser até que, aos 35 minutos do segundo tempo, tínhamos uma falta para cobrar na entrada da área. Descobri na hora que os três cobradores de costume tinham sido alvejados pelos flutuadores de ostras na tempestade. De modo que, despreocupado, ajeitei a bola e meti uma patada pelo meio da barreira que foi morrer no fundo da rede: um a zero e título na mão para nós. A torcida, que a essa altura, perto do almoço de domingo, já somava mais de 500 pessoas, não ficou muito feliz, claro. Um minuto depois, dei um carrinho perto da bandeira de escanteio que deu origem a um quiproquó histórico. Errei a bola e acertei só o tornozelo do ponta direita deles. Estávamos muito perto da linha de fundo. Se o campo tivesse aquele metro e meio a mais que lhe faltava, teria sido falta e expulsão certa. Mas o campo não tinha um metro e meio a mais, e o bandeira decidiu que o carrinho tinha acertado o adversário já do lado de fora. Nada a marcar. Seria ótimo, não fosse por um detalhe: a torcida se inflamou ainda mais e, em vez de iniciar as obras de alongamento do gramado ali mesmo, com pás e tijolos, achou mais fácil pular o alambrado e me perseguir. Corri o quanto pude, com o objetivo de ir direto para o nosso ônibus, já imbicado para descer a ladeira, até escorregar na saído do campo, do outro lado, torcer o joelho e me chocar contra a mureta. Meus companheiros chegaram antes do linchamento e o que se viu foi uma pancadaria daquelas lamentáveis. O árbitro acabou o jogo aos 44 do segundo tempo correndo não para o vestiário, mas já descendo morro abaixo rumo à movimentada avenida Antônio Edu Vieira. Nosso time se trancou no vestiário até que o reforço policial apartasse a confusão. Estávamos assustados à beça, mas felizes com o título. Dentro daqueles 10 metros quadrados com 3 chuveiros desencapados e uma mochila cheia de garrafas de Velho Barreiro, eu comemorei o auge e o fim de uma promissora carreira. Tinha sido um golaço. Mas meu joelho levou dois anos e três cirurgias para voltar à velha forma. O suficiente para cancelar um teste que eu tinha na semana seguinte e para enterrar de vez a promissora carreira de Darcinho, lateral esquerdo de boa marcação e chute forte. Dois meses depois, passei no vestibular de jornalismo e comecei a cimentar a sucessão de frustrações profissionais que me levariam a criar o Júnior Cabral, um volante pretensamente habilidoso e, queria eu, com chute tão forte quanto aquele que garantiu o título do municipal amador para o Madri.

-

12.

O iPad com o último livro do Nassim Taleb, *Skin in the game*, aliviou a viagem de meu empresário rumo a Montevidéu. Sem jatinhos disponíveis, Ricardinho precisou pedir à secretária (uma ruiva espetacular chamada Rosane, ou "Rô") que comprasse uma passagem em linha comercial. Para piorar, não havia classe executiva de São Paulo a Montevidéu. Ao menos a Rô tinha comprado três lugares para que seu chefe não precisasse disputar um apoio de braço com um vizinho sem diploma da Ivy League. Não conseguiria relaxar sabendo que seu Rolex Submariner estaria a poucos centímetros de mãos desconhecidas. Taleb era uma daquelas leituras obrigatórias na Faria Lima. Seu livro mais conhecido, *Cisne Negro*, apontava para a necessidade de estar preparado e de tirar vantagem de acidentes inesperados. Agora, Taleb, um libanês que fez fortuna no mercado financeiro, alertava para a importância de arriscar a própria pele na tomada de decisões, seja nos negócios ou na vida cotidiana. A assimetria de informações, dizia, era uma realidade a ser trabalhada a seu favor. Era uma leitura mais que propícia para Ricardinho àquela altura da carreira, 35 anos, a um grande negócio da posição de *senior partner*. Uma nova frente de negócios no futebol era a oportunidade de entrar de vez num clube restrito do mercado financeiro. "That's game changing, bro", como gostava de falar. Ao aceitar meu convite inusitado e embarcar para o Uruguai, ele levava a cabo as lições do Taleb. Estava arriscando a própria pele; e lançaria mão de um arsenal de informações para ensurdecer seus interlocutores. Era assimetria na veia, já que venderia

LUCAS AMORIM

um produto sem público: um jornalista de 33 anos que tinha inventado uma carreira de jogador de futebol. Seu sucesso dependia única e exclusivamente de sua capacidade vendedora. Ele seria o mecânico velhaco diante de um casal de hipsters que havia comprado uma Maverick 1973: tiraria até a última gota de sangue. Ao menos era esse o plano.

Depois aterrissar em Montevidéu, Ricardinho alugou o melhor carro disponível, um Volvo XC40, para causar boa impressão e também porque havia se habituado aos pequenos luxos que o dinheiro pode pagar. Também pegou uma suíte no melhor hotel da cidade, o Cassino Carrasco, um casarão colonial com uma bela vista para o Rio da Prata. Quando ele abriu as portas do armário para conferir se suas camisas haviam sido penduradas de forma correta, eu já estava morando em Montevidéu fazia dois meses e vinha executando com cuidado o plano digital desenhado por nós. Primeiro, pouco a pouco, em noites regadas a Coca-Cola e pizza, eu, Roger e Lara fomos construindo minhas pegadas digitais nos sites dos clubes pelos quais havia "passado" e também em lugares como Wikipédia e páginas com bancos de dados de jogadores. Tudo discreto, sem excesso de informações, mas com os dados básicos para ludibriar algum pretendente. O mais trabalhoso foi editar vídeos de jogadas minhas para compor um portfólio de imagens — o famoso DVD de antigamente. Nessa frente o Roger precisou da ajuda de um amigo editor de imagens para incluir meu rosto em uma meia dúzia de lances. Ficou com jeitão daquele famoso DVD do Doria — parecia mentira só para quem não queria acreditar. Ficamos torcendo para não precisar de mais do que meia dúzia de lances aleatórios. Se alguém demandasse um jogo inteiro estávamos perdidos.

— Darcinho, se esse teu camarada não for um Lobo de Wall Street pica das galáxias na persuasão, não temos chance.

— O mais importante em qualquer negociação, como ele sempre me relembra, não é você querer vender; é o outro querer comprar.

Com o dossiê pronto, passamos ao plano de gerar a demanda pelo nosso produto. O primeiro passo foi convencer a Lara a alugar um vestido justinho e com um enorme decote para ir almoçar comigo no bacanudo balneário de José Ignacio. Fomos nós dois e o Roger, o "paparazzi", no inexpugnável Gol Prata. Passamos uma tarde bem divertida comendo e bebendo bem, e pagando caro, no La Huella, um parador de praia estrelado que combinava com nossos objetivos. Pedimos de cara uma lagosta para ficar lindona na foto. Amador curioso, Rojão mandou bem demais na fotografia. Da mesa mesmo, mandamos a foto para meia dúzia de veículos uruguaios que tínhamos pesquisado. "De férias da Europa, jogador brasileiro Júnior Cabral e namorada Isabel Souza aproveitam a tarde de sol no parador La Huella". Eu de chapéu Panamá e camisa branca de linho aberta no peito, a Lara de amarelo com um decote que quase invadia o prato e que, imaginávamos, garantiria um espacinho nas colunas sociais. Não deu outra: saímos em um jornal impresso, em dois portais e ainda num canal de TV que nos colocou na lista de famosos em visita ao país junto com meia dúzia de atores e atletas argentinos e espanhóis, entre eles Ricardo Darin e família — o que incluía Ursula Corberó, a Tóquio de *La Casa de Papel*.

— A Lara já está mais perto de ser atriz do que tu de ser jogador de futebol — brincou o Roger.

Talvez estivesse mesmo. Mas minha carreira avançaria em ritmo frenético. Nem Ronaldo Fenômeno foi do zero ao primeiro contrato em tão pouco tempo. Uns dias depois, mandamos para um blogueiro brasileiro conhecido por não checar informações a notícia que Júnior Cabral estava sendo pretendido pelo futebol sul-americano. Clubes como Lanús, da Argentina, Nacional e Peñarol, do Uruguai, estavam de olho no "volante brasileiro com passagem pela Ucrânia e pela Ásia e com desejos de ficar mais perto de seus negócios na América do Sul". Não demorou para um site uruguaio morder a isca e publicar a informação — tomando o cuidado de afirmar que Nacional e Peñarol negavam a negociação. Como nenhum clube confirmaria um negócio em andamento, mesmo que ele fosse real, estava tudo dentro do previsto por nós. Nos dias seguintes, fomos compartilhando lances do Júnior com twitteiros uruguaios especializados em alguns clubes, entre eles o Defensa, para quem demos prioridade. Ninguém percebeu a edição dos vídeos. Além de ter o estádio perto da casa do Roger, uma coincidência que, sozinha, não poderia justificar a nossa preferência pelo clube, sabíamos que o Defensa estava logo abaixo dos dois grandes do país em poderio financeiro — tinha a boa combinação de alguma grana e pouco escrutínio da torcida e da opinião pública. Lá pelas tantas o *storytelling* saiu do nosso controle. Uma rádio uruguaia ligou para um jornalista esportivo do Rio Grande do Sul, com quem devia ter algum contato, e o profissional endossou as qualidades do Júnior e afirmou que seria uma ótima contratação para um clube como o Defensa. Nunca entendemos o que levou o jornalista a fazer essa análise, mas não podíamos estar mais satisfeitos. Era a hora certa para o próximo passo: a conexão Ricardinho.

O escritório de meu empresário ficava num andar anódino de um desses prédios envidraçados da Faria Lima. Lá dentro, máquina de café, geladeira com comidinhas fitness e a Rosane trazendo caixas e correspondências para lá e para cá para uma dúzia de executivos com camisa azul bem cortada, calça sem cinto e tênis da On Running. Foi sentado numa dessas mesas, shake pela metade à frente, que o Ricardinho atendeu minha ligação mais do que esperada.

— Fala, man!

— Salve, meu empresário. Hora de você colocar o bloco na rua.

Ricardinho deu dois beijos em sua pulseira de contas da sorte e ligou para um empresário de futebol uruguaio bastante conhecido na América do Sul e confrade de alguns dos sócios da gestora em que estava a um grande negócio de virar *senior partner*.

— Doutor Velasco! Ricardo Dariam, *partner* da Vision Toppers falando. Falanga e Rutini mandam um abraço carinhoso! Tem três minutos? – Sem nem esperar a resposta, trocou o telefone de orelha e emendou: — Seguinte: estamos, como o senhor sabe, prospectando oportunidades no mercado esportivo. E precisamos de um primeiro *case* para ir construindo nosso *awareness*... Isso! *Awareness*, a relevância. Bem... Identificamos um *gap* no mercado uruguaio, e estou representando um produto que se encaixaria à perfeição por lá. – Nova troca de orelha. — Um jogador brasileiro com passagens por times tradicionais da Europa e do Middle East: Júnior Cabral...

— Nunca ouvi falar.

— Nem eu! Mas: o Júnior tem 30 anos e, depois de já garantir uma estabilidade financeira, quer jogar mais uns anos ficando perto de seus negócios em *real state* no Uruguai e no Sul do Brasil – temos, inclusive, negócios a fazer juntos.

— Nós quem?

— Nós eu, ele e o senhor. Enfim. Isso abre uma janela para nós. Ele está livre no mercado, e topa um salário *high double digits*. O senhor sabe que somos *data driven* e o cara brilhou nos nossos *analytics*. É tiro certo.

— E?

— Só precisa de um clube com boa visibilidade.

— E como eu ganho com esse negócio?

— Metade do *fee* nessa negociação e nas três próximas que fecharmos. Queremos construir uma relação de longo prazo.

— Posso ter algo interessante. Conhece o Defensa, em Montevidéu?

— Conheço por cima. Aquele com uniforme roxo, né? O senhor é o papa, se falou, está falado. Só dizer quando posso visitar nossos amigos uruguaios para concluir o negócio.

Quando o Ricardinho me falou que tinha conseguido uma aproximação com o Defensa, eu achei que era brincadeira. Uma coincidência que mostrava como os astros estavam se alinhando. Duas semanas após aquela ligação com o empresário uruguaio, ele estava, Rolex e terno Zegna, batendo à porta do porão do Roger, onde nós três o esperávamos ansiosamente. A conversa com o Vidal tinha acabado de terminar.

— Dez mil dólares por mês está bom? — chegou perguntando o Ricardinho, ainda na calçada, já que nos três subimos correndo quando ouvimos a campainha.

Fazia um pôr do sol bonito apesar do frio de outono, e o Ricardinho estava lá com o pé apoiado no Volvo azul claro alugado, óculos escuros no rosto e uma garrafa de Veuve Clicot na mão. Demos um abraço coletivo naquele maluco que tinha se debandado da Faria Lima a Montevidéu pra fechar o negócio mais improvável da história.

— Dez mil de salário? Tu é o Lobo de Wall Street mesmo — disse o Roger, enquanto Lara tentava abrir o champanhe. Eu seguia abraçado ao meu empresário. De repente a rolha saltou fazendo jorrar Veuve Clicot pra todo lado. Dois minutos depois de fechar meu primeiro contrato, já estávamos desperdiçando uma bebida de quase mil reais.

— Agora is up to you, Junior! — disse o Ricardinho quando enfim se desvencilhou de minhas mãos pegajosas com lágrimas que não paravam de cair. Ele nunca me contou os detalhes da reunião, nem detalhou os argumentos que convenceram o veterano cartola a me contratar. Também não fiz muita questão de perguntar, já que o trabalho dele estava mais do que feito. Com o passar das semanas, porém, fui me dando conta de que deveria ter sabido melhor o que rolou naquela tarde numa sala dentro do Armani. A imagem do Jogador, de Dostoiévski, usando e sendo usado na mesma jogada, me atormentaria cada vez mais.

-

13.

Após três semanas de uma crescente insegurança com meu desempenho e de uma dor constante em todos os músculos do corpo, parti com o time para a primeira concentração do ano. Nossa estreia no campeonato uruguaio seria contra o Atletic, principal adversário do Defensa, em três dias, no próprio Armani. A temporada ia começar e o Defensa padecia do mesmo mal de dez entre dez clubes de futebol sul-americanos: a preparação tinha sido tão corrida que sequer tínhamos feito um coletivo com todos os prováveis titulares, uma desorganização que me mantinha no time principal, graças à moral garantida pelo golaço no único jogo treino. Nos últimos dias, duas contratações tinham mexido com o ânimo do plantel. El Flaco Zubizarreta, um meia clássico com mais de 20 partidas pela seleção e 10 anos de Europa, tinha sido contratado para ser a estrela — e, provavelmente, meu substituto no time titular. Além dele, uma ameaça para a minha mirabolante narrativa: um outro brasileiro. Era o pior que me poderia acontecer, um conterrâneo para me desmascarar em três minutos de conversa. O brasileiro se chamava Paulo Vacaria, era zagueiro, tinha 23 anos e uma carreira de poucas glórias pelo interior do Rio Grande do Sul. Para minha sorte, o cara era tímido, e nos primeiros dias com o elenco não ficou me enchendo de perguntas. Ainda assim, sua chegada me obrigou a mudar a postura mais introspectiva que tinha assumido — precisaria eu ir ao ataque e enchê-lo de informações, sugestões e dicas, de tal forma que o excesso jogasse a meu favor. Ficamos no mesmo quarto na concentração para o primeiro jogo, num hotel moderninho perto do estádio, em Montevidéu. Passava o tempo contando minhas aventuras na Arábia Saudita, em Kiev, na Malásia. Inventava companheiros de time, adversários, jogos, ruas, comidas, lesões e golaços. Minha capacidade de criar histórias era ilimitada — e o Paulo ficava maravilhado.

Mas quando o Vacaria pregava os olhos eu precisava encarar meus demônios. Temia cada vez mais ser desmascarado a qualquer momento, no treino, no jantar, no meio do sono. Um pesadelo recorrente era que a polícia invadia o campo no meio de um jogo. Passavam por um a um dos jogadores e se dirigiam a mim, que via a tropa se aproximar, ora com cavalo, ora com cachorro, ora com blindado. Nas poucas vezes em que pegava no sono, acordava sobressaltado com essa imagem, lençol suado, coração disparado. Nos sonhos, estava sempre vestido como Darcio, e não como Júnior, e os policiais tinham corpo de policial, mas rostos conhecidos, meu pai, minha mãe, minha tia. Eram eles que me desnudavam. Os três, aliás, sabiam que eu estava no Uruguai, mas achavam que eu continuava trabalhando para jornal, em home office. Meu plano era contar da farsa só depois do primeiro jogo oficial, caso tudo desse certo. Se desse errado, o mais provável é que descobrissem nas páginas policiais de qualquer maneira.

Contar mentalmente navios cargueiros no Rio da Prata ou caminhões de copo Stanley cruzando a fronteira não me bastava para pegar no sono. Ficava revirando na cama, preocupado em acordar meu colega de quarto e chamar atenção para uma inquietação que não condizia com um boleiro experiente como eu. Escondido no andar de cima do beliche, passei a ler compulsivamente sobre impostores ao longo da história, em busca de inspiração, de conforto ou de um escape. Tinha gente com menos juízo do que eu. Um sujeito, Ferdinand Dewara, inventou tantos personagens ao longo da vida que lá pelas tantas embarcou num navio americano rumo à guerra da Coreia como cirurgião — cirurgião! Não contava com o fato de ser o único médico a bordo; precisou operar 15 pacientes, e, vai saber como, todos sobreviveram. No fim, a mãe do médico cuja identidade ele tinha assumido foi quem desmascarou o farsante. Baita história. Eu tinha uma vantagem: nenhuma senhora Cabral apareceria num treinamento afirmando que seu filho verdadeiro sabia bater de trivela com as duas pernas e conseguia correr 100 metros em menos de 12 segundos. Assisti também a uns filmes ótimos no tablet, como o de um pintor argentino que forjou a própria morte para faturar mais com os quadros do que se estivesse vivo. Milagrosamente iam surgindo mais e mais obras do falecido, o que ia engrossando sua conta bancária. Vi também umas cinco vezes aquele clássico *Prenda-me se for capaz*, em que um americano fingia ser piloto e agente do FBI. E aquele seriado *Inventando Anna*, da Netflix.

Em comum, todos os impostores tinham não só a falta de juízo. Eles tinham em geral uma meta, um grande golpe depois do qual poderiam cair fora daquela armadilha mental em que haviam se metido. O problema: nenhum deles conseguia.

Cheguei várias vezes a cogitar abrir o jogo para o Vacaria, contar tudo, o que seria uma péssima decisão. Quanto mais pesquisava, mais percebia que me faltava a loucura necessária para aquela vida dupla, a desfaçatez dos espiões do Le Carré, ou uma preparação exaustiva ao estilo do Ramon Mercader, o catalão que matou o Trotski. O livro do Leonardo Padura sobre o crime virou outra leitura obrigatória nas minhas noites insones. Em alguns momentos, me via dentro do enredo de *Nosso Homem em Havana*. Jim Wormold, um vendedor de aspiradores, foi recrutado pelo serviço secreto britânico e começou a inventar histórias para se mostrar importante. Com ele, o inventado começou a se mostrar verdadeiro. Cheguei a me sentir indo por esse caminho quando marquei um golaço em meu jogo de abertura, mas a realidade começou a se impor rapidamente — assim como ele não era espião, eu não era jogador de futebol. Eu não passava de um vendedor de aspiradores que não ia conseguir enganar a todos o tempo todo.

LUCAS AMORIM

Quanto mais lia e pesquisava, mais inseguro eu ficava, numa rotina que me ajudava a passar as horas, mas ia afunilando ainda mais meu labirinto particular. Eu não tinha nem mesmo uma meta definida, um grande golpe que marcasse o fim da história — não tinha um dia definido em que enfiaria uma picareta na cabeça do Trotski e depois encararia as consequências, fossem quais fossem. Eu tinha imaginado ficar alguns meses nessa vida dupla, mas nunca tinha pensado numa porta de saída. A mesma falta de paixão e de planejamento que me custaram o sucesso no futebol ou no jornalismo iam acabar definindo meu novo fracasso, dessa vez como impostor. Pouco a pouco fui percebendo que jogar um único jogo como profissional, arrumar uma desculpa qualquer para sumir no mundo e depois escrever um livro sobre a aventura já seria bom demais. A ideia de transformar a experiência em livro sempre esteve, adormecida, entre meus objetivos. Seria um saldo positivo desta maluquice em que tinha me metido — e que até ali já tinha me garantido, é bem verdade, 10 mil dólares do primeiro salário.

14.

O senador Rogério Capogrosso era uma explosiva combinação de ideias de 1900 com poderio de mídia de 2022. Baixinho, entroncado, cavanhaque grisalho e penetrantes olhos azuis, foi de office boy de uma emissora a apresentador de um popular programa de rádio no Nordeste. Não construiu carreira incitando o ódio ou o divisionismo: seu programa era de música, três horas diárias tocando forró, piseiro, pisadinha. Ajudou a lançar dezenas de bandas que estouraram nos últimos 20 anos, construiu um bom patrimônio, fez mais amigos que inimigos. Até que um dia foi procurado pelo emissário de um desses caciques da política com a oferta de concorrer a deputado federal. "Eleição certa e com muito voto", lhe disseram. Elegeu-se sem nenhuma promessa concreta, e em dois mandatos de deputado e um de senador foi radicalizando junto com o ambiente político. Estava sempre do lado errado da história: casamento, aborto, impostos, sempre defendia grupos de interesse e não a evolução imprescindível para um país como o Brasil. Defendia e criticava aliados de ocasião com ferocidade crescente. Descobriu nas redes sociais, para além da rádio, uma ferramenta de destroçar inimigos. Recrutou um enxame de programadores e influenciadores para se cacifar na polêmica. Seu profundo conhecimento dos gostos populares e de como falar com o povão é uma arma mortal. Capogrosso é ferino, mordaz, seboso. E cada vez mais rico. Perde com frequência sessões e comissões para se dedicar a seus negócios com terras, imóveis, combustíveis. Histórias como a sua não são exceção no Congresso, óbvio. Estão nos jornais todos os dias. Mas um aspecto faz com que seja única: foi ele o senador quem me elegeu para Geni, e virou minha vida de pernas para o ar, depois daquela matéria publicada antes de um jogo do Corinthians.

Naquele domingo, 11 de julho de 2021, acordei perto das 10h, depois de duas horas de sono. Estava um bagaço, e teria que entrar em campo para a minha primeira — e última — partida oficial como jogador dentro de seis horas. Já tinha perdido o café da manhã, uma tragédia para o personagem correto-experiente que eu encampava. Quando olhei o celular, havia 41 mensagens do Roger e da Lara. O pesadelo Capogrosso tinha voltado. Com o título "Onde está Darcio Oliveira", um artigo publicado num blog ligado ao senador levantava uma série de hipóteses sobre meu paradeiro — entre elas a de que eu havia saído do país com nome falso. O texto também constatava: eu não assinava uma reportagem do jornal há quatro meses, embora continuasse a constar no expediente de funcionários. O autor ainda incitava seus leitores a compartilhar pistas de meu paradeiro, o que fez com que as redes da Lara e dos meus pais tenham sido alvo de todo tipo de mensagens, das mais inocentes às incisivas. #ondeestadarcio virou um dos *trending topics* no Twitter.

— Darcio, teus pais estão desesperados. Eles achavam que você estava trabalhando normalmente, e agora querem saber o que está acontecendo. Estou com medo de eles contarem a alguém que você está no Uruguai.

— E, Darcinho, tem outra: vou arrumar um jeito seguro de tu falar com teus pais, porque no celular deles passou a ser arriscado. Para alguém descobrir teu paradeiro é um pulo.

— Tá bom, vou ligar pra eles. E para o Geraldo, o editor do jornal que também já me ligou. Estou achando que ele vai me mandar voltar. – Eu andava de um lado para o outro. — Sem as costas quentes que o jornal me dá, com apoio jurídico e grana para as despesas do dia a dia, não sei se aguento. Porra, achei que o senador já tinha me esquecido.

— Pintou uma nova matéria no jornal crítica a ele. E aí acho que o cara religou as baterias contra você – disse o Roger. — E as eleições estão chegando, ele precisa de mídia. Estão falando nele até como possível candidato a vice. Loucura, meu jogador.

— Galera, vou nessa que o Zubizarreta está batendo na porta do meu quarto...

Enquanto o experiente jogador olhava pelo outro lado do olho mágico, eu só pensava que, mesmo sem barba e com a cabeça raspada, eu seria desmascarado assim que entrasse em campo para qualquer partida oficial. Algum brasileiro haveria de me reconhecer depois de toda essa repetida exposição nas redes. Antes, tinha barba e cabelo comprido, e agora, não; mas os olhos profundos, o narigão e a boca fina eram os mesmos. Naquele momento, parado de frente à porta fechada, considerava até a hipótese de o Flaco Zubizarreta estar a ponto de arrombá-la aos murros e me chamar de Darcio, assim, sem mais nem menos. "Que pasa, Darcio?". Por sorte o Vacaria não estava ali, mas talvez já soubesse de tudo, e aproveitou minha audiência no café da manhã para espalhar que eu não dormia e passava a noite lendo Leonardo Padura. Que raios de jogador era esse? Passei a desconfiar de tudo e de todos.

— Que me conta, Júnior?

— Visita ilustre, Zubi.

— O professor Osmani quer falar conosco agora, antes do almoço. Disse para batermos no quarto dele.

Fomos. O Zubizarreta relaxadíssimo, mate na mão direita e térmica embaixo do mesmo braço. A mão esquerda ele pousou no meu ombro direito. Além de ser um jogador experiente de verdade, com quase 15 anos de futebol profissional nas costas, ele não estava relacionado para o jogo. Estava ali pra apoiar o time, e, principalmente, fazer o meio campo com a direção. Tentei pensar racionalmente na caminhada de 59 passos que separava a minha porta do quarto de Osmani.

LUCAS AMORIM

Como era feio aquele carpete esverdeado. O tema da conversa deveria ser sobre algo relacionado ao jogo, para discutir estratégia, falar sobre o Vacaria, algo nessa linha.

— Júnior! Querido, assunto rápido entre nós três. Zubi pediu para falar com o elenco antes do jogo de hoje, no vestiário. Como você é o capitão designado, achei por bem te perguntar.

— Claro, professor. Zubi: será um prazer.

— Então está feito. Zubi, liberado. Júnior, fique um pouco mais. Vou chamar o Vidal para se juntar a nós.

Reparei que ele apoiava um copo Stanley em cima da escrivaninha. Era bonito. Vidal entrou por uma porta interna, que aparentemente separava os quartos. Posou os dedos gordos em meu ombro.

— Júnior, você que gosta de boxe. O Ali gostava de dizer que as lutas eram vencidas ou perdidas nos bastidores, longe dos holofotes.

— Sem dúvida.

— Pois temos grandes ambições para o Defensa nessa temporada, mas para ganhar a guerra temos que sacrificar algumas batalhas. – Colocou a mão no peito antes de continuar.

— E como dirigente esportivo, preciso costurar acordos que muitas vezes parecem pouco óbvios, mas que são sempre em prol do coletivo. Penso sempre na instituição – olhou para o lado e cumprimentou Osmani com os olhos. — Osmani também, claro. Nós, como pessoas, não existimos quando estamos com esse emblema no peito. Sempre vimos você como parte de algo grande que pretendemos construir.

— Vamos entregar o jogo nesta tarde — cortou o Osmani.

— Vamos, não: você vai — Vidal sentou-se ao lado de seu treinador e me olhou com olhos furiosos.

— Antes dos 15 minutos do primeiro tempo você vai aproveitar um escanteio, uma falta, uma jogada na área e dará um soco, um chute, um carrinho num jogador adversário. – Me olhou quase risonho. — Tente não sair preso do estádio. Mas se certifique de que seja pênalti e vermelho. Reclame depois se precisar. Parta pra cima do juiz se for o caso. Depois disso, não olhe para trás. Tal como o Michael Corleone ao matar o capitão de polícia na cantina. – Ele levantou e imitou a cena, com a mão jogando algo para o alto, no ar — Vá direto pro vestiário, pegue tuas coisas e vá pra casa. A gente se vira com o resto dos jogadores e com a mídia. Será seu pequeno sacrifício em nome da instituição.

Os dois ficaram me encarando por 20, 30, 40 segundos. Achei que ia desmaiar. Pensei em mandá-los à merda. Pensei em pegar o copo Stanley e contra-atacar com o que eu sabia, com o lance do contrabando. "Seu gordo escroto, você acha que não sei do contrabando!?". Não disse nada, claro, só pensei. Pensei também em enfiar o copo que mantém a bebida gelada por cinco horas na bocarra do Vidal. Pensei em bancar o cínico e pedir mais grana. Eles seguiam me olhando. Não fiz nada disso. Levantei e, trêmulo, caminhei até a porta. Osmani correu para abri-la, ou por ironia ou por desconfiar que sozinho eu não conseguiria. A maçaneta era daquelas redondas, que já não consigo abrir nem no dia-a-dia. Com o tanto que eu suava, ia passar vergonha.

— Ricardo Dariam ficará satisfeito — disse ele em meu ouvido, enquanto eu chegava ao corredor. Aquela voz quente e aqueles perdigotos pastosos invadindo meu ouvido direito ao passar pela porta.

Dariam? Dariam! Dariam. Capogrosso. Vidal. Pai. Mãe. Lara. Central Español. Copo Stanley. Zubizarreta. Fernet. Chipirones. Minha cabeça girava. Fui me arrastando até meu quarto: 59 passos me esforçando para não vomitar naquele carpete verde horroroso.

-

LUCAS AMORIM

15.

Minha carreira como jogador profissional de futebol durou 6 minutos e 40 — exatos 280 segundos. Saí de campo 8 minutos e 20 segundos antes do prazo estabelecido pelo Osmani e pelo Vidal. Mas não precisei ir correndo para casa, nem fugir da imprensa e dos colegas de time. E ainda saí aplaudido pela torcida.

Após a sofrida caminhada de volta para o quarto, os 59 passos da agonia, encontrei o Vacaria chorando na cama. Estava uma pilha de nervos com a estreia. A surpresa em encontrá-lo daquela forma me recompôs na hora. Não imaginava encontrar um profissional sofrendo antes de um jogo de estreia como aquele. E me dei conta que aqueles caras também sofriam, e bastante, antes dos jogos. Também perdiam noites de sono, também comiam mal, também tinham enjoo, diarreia, ataques de ansiedade. E quando percebi que minha brincadeira de atleta estava chegando ao fim, saí do personagem. Quem entrou no quarto foi o Darcio. Solidarizei com meu colega de quarto de uma forma como não fazia há semanas com ninguém. Abracei o cara, chorei, disse que estávamos juntos nessa, que um ajudaria o outro e que, ao contrário de mim, ele tinha uma longa carreira pela frente.

Não inventei historinhas de uma carreira idílica como tinha feito nos dias anteriores. Foi papo reto: todos temos medo, em qualquer profissão, mas a qualidade e a força dele podiam fazer a diferença. E de fato, em todas aquelas semanas de treino, ele me parecia um dos melhores do elenco. Contei que minha namorada estava nas arquibancadas, que eu tremia por dentro, que achava que não merecia ser o capitão do time. Disse que o time adversário era bom, que teríamos dificuldades — sobretudo com um tal Pascual, meia clássico com passagens pela seleção, por Boca e River.

Almoçamos os dois juntos — comemos pouco, quase nada, do ravioli com salada — e sentamos juntos no ônibus que percorreu poucos minutos até o estádio. Pareceu uma eternidade. Sentei na janela e fui olhando os carros chineses passando. Como tinha carro chinês em Montevidéu. Vidal me entregaria se não fizesse o que me mandaram? Isso seria pior para mim ou para ele, que contratou um jornalista como meia armador de um time profissional? E o Osmani, que além de tudo me escalou como titular para um clássico? Seria um escândalo. Sairia preso do estádio? Eles sabiam minha verdadeira identidade, ou só que eu não era jogador coisa nenhuma? Que diabos o Ricardinho tinha combinado com os dois? Ou melhor: o Ricardinho estava de fato metido nessa? Prometeu que eu ia entregar o jogo? Admitiu que eu não era jogador, ou só que tinha uma visão frouxa de moralidade e estava disposto a qualquer tipo de tramoia? Será que ficou com parte do meu salário na negociação? Estaria Ricardinho sentado na Faria Lima, recebendo 20 mil dólares por mês sem fazer nada? Ou só usaram o nome dele para me confundir?

E se eu fizesse o combinado: como ia fazer para ser expulso? Um soco? Nunca soquei ninguém. Chutar eu já tinha chutado. O mais fácil parecia ser uma falta normal e depois ir para cima do juiz. Uma rasteira seguida por uma chuva de perdigotos. Ele entenderia se eu xingasse em português? E se, fracasso supremo, eu não conseguisse ser expulso? Ficaria em campo, me arrastando para lá e para cá? O Osmani esperaria até quando para me tirar, sob vaias da torcida incrédula com tamanha falta de qualidade de seu meia padrão internacional? Se eu entrasse em campo focado no jogo já seria difícil não passar vergonha, imagine com a cabeça nas nuvens como eu estava naquele momento. Dentro do ônibus, o cheiro de mofo das poltronas maltratadas pelos corpos suados se misturava ao do mate tomado por 95% do elenco durante o curto trajeto. Nem uma gota de água respingou no chão, apesar da rua esburacada. Começaria eu também a tomar mate com aquela frequência viciante dos uruguaios? Quando dei por mim já estava no vestiário, colocando os meiões nas canelas finas para entrar em campo. Pensava na Lara e em como ela devia estar uma pilha de nervos nas arquibancadas. Ou estaria ela sentada ao lado de um unicórnio com "FARSA" no lugar de chifres e a Lola e o vira-latas rindo ao seu lado?

Ao fundo, Zubizarreta discursava ao elenco e em minha cabeça a fala ecoava como se fosse um locutor anunciando promoções em uma loja popular ao megafone. Não me importava em nada a promoção anunciada e não dediquei a mínima atenção a ela. Estava em dúvidas sobre usar ou não uma tornozeleira por cima dos meiões, como faziam muitos dos companheiros. Também não sabia se colocaria ataduras nos pulsos, como também faziam muitos, certamente por puro modismo. Amarrei e desamarrei as chuteiras pretas três vezes até que escutei meu nome.

Osmani me chamava para o grito de guerra antes de subir as escadas. Jogadores em círculo, mãos nos ombros e cabeças bem juntas. Um cheiro forte de suor misturado com Gelol. Não lembro nenhuma palavra que ele disse. Depois, algumas platitudes motivacionais gritadas a plenos pulmões e logo estávamos prontos para ir a campo. Um vento frio cortou nosso caminho assim que demos o último passo no túnel. O tempo havia fechado. Minha cabeça doía.

Não me lembro de nada do que aconteceu nos minutos seguintes — apenas do choque. Fui me inteirar depois, pelo VT da partida, como foi minha brevíssima carreira profissional dentro das quatro linhas. Apareci pouco correndo em campo, o que foi até uma boa. Mas para quem se deteve a analisar meu desempenho, como eu fiz mais tarde, dava para ver o quanto estava perdido, correndo sem rumo. O terceiro toque na bola no jogo foi meu, assim que demos a saída. Rolei seguro para o lateral direito. Depois, dei apenas mais um toque, numa disputa de cabeça no meio campo.

A jogada que selou meu destino, a picareta que atingiu a cabeça de Trotsky, começou com um chute desviado que virou escanteio para o Atletic. O camisa 10 deles, o famoso Pascual, cobrou pela direita, com o pé esquerdo na bola, para que ela fizesse a curva em direção ao gol. Mas o cruzamento saiu curto. Stagnari ganhou no alto e afastou a bola da pequena área com um chute torcido, na direção da lateral, mas quase não saindo da área. A bola quicou, rodopiou e parou perto da risca da área. Pascual começou a correr para tentar alcançá-la. Era minha chance. Abandonei o primeiro pau, onde estava, e saí em desabalada carreira em direção a meu alvo de branco e preto, uniforme parecido com o do Vasco.

Enquanto corria, a dor de cabeça, a ansiedade, o senso de humilhação, tudo passou. Queria muito dar um carrinho antológico no meio das canelas do pobre Pascual. O relógio, depois reparei, marcava 6 minutos e 36 segundos do primeiro tempo. Minha desenfreada corrida levou pouco mais de três segundos até o choque. Foi horrível, como mostrou o VT e de acordo com uns flashes aleatórios que me atormentam a cada 15 minutos desde então. Saí do chão com os dois pés juntos em direção ao alvo. Quando Pascual se deu conta de minhas pretensões, pulou. Saiu 30 centímetros do chão e deixou para trás o pé esquerdo. A chuteira 41 azul piscina com travas de aço atingiu meu joelho direito centésimos de segundos depois de meu pé direito se prender na grama, sacando um tufo barrento. De modo que minha perna estava fixa quando veio o contato. O que se seguiu foi um crec seco e a certeza que meu joelho tinha virado farinha. Caí no chão aos prantos. Quando olhei para cima, zonzo, vi que a mão direita do Vacaria acertava a bochecha esquerda do Pascual, fazendo voar baba, sangue e um par de dentes. Ele caiu do meu lado. Ficamos, os dois, desnorteados no chão, cara suja de lama, enquanto uma briga generalizada começava. Pascual me olhava a um palmo do meu rosto, a risca da área nos separando. Tinha o que parecia ser um sorriso irônico nos dentes repletos de sangue. "Te fodi, filho da puta", balbuciou. "Me salvaste", pensei — mas não conseguia falar. Osmani entrou para apartar a pancadaria, escorregou e caiu deslizando na lama. Estava a ponto de tomar um chute nas costelas quando foi salvo pelo Vacaria, que com uma joelhada no queixo fez sua segunda vítima da tarde. Passamos a ser três os estirados no chão, na risca da área. A linha marcada com cal ficaria sempre na minha lembrança: separava também meu passado de meu futuro, minha boa índole de minha cretinice, minha liberdade da cadeia? Sei lá.

Saldo da peleja: 4 expulsos, incluindo Pascual e, claro, o gladiador Vacaria. Saímos sob aplausos — eu e meu colega de quarto, que ajudou a carregar a maca. Lembro apenas de borrões roxos nas arquibancadas, de papéis picados em cima de mim, de um barulho forte de alambrado se mexendo, como se os torcedores estivessem a ponto de pular a grade e me ajudar a descer aos vestiários. Osmani, sujo de lama e com um corte no lado direito da testa, também foi levado ao vestiário. Ficamos os três lá embaixo, eu com uma enorme bolsa de gelo no joelho; Osmani em silêncio, fitando a parede suja; Vacaria dando socos nos armários de lata: "Não pode ser! Vou voltar lá, professor! E vou matar aquele merda". Eu ria por dentro, embora parecesse morto por fora. A torcida fazia um barulho danado, dava a impressão de que tinha invadido o campo e se juntado à confusão. O que realmente aconteceu eu só fui saber dias depois. Em poucos minutos os paramédicos chegaram para me levar de ambulância até o hospital.

-

16.

Fiquei mais oito meses no Defensa, entre recuperação e fisioterapia pelo rompimento dos ligamentos cruzados anterior e posterior. Era lesão para encerrar uma carreira, ainda mais a de um amador com um machucado antigo no mesmo joelho, após aquele arranca-rabo no campo do Dortmund, 16 anos antes. Mas o dinheiro de oito meses de salários mudou minha vida. Vivi uma confortável rotina de um mimado jogador de futebol no estaleiro. Tinha comida na porta e motorista para me levar às sessões diárias de tratamento no clube e no hospital. Era paparicado nos poucos lugares em que ia, especialmente uma pequena pizzaria na esquina de casa, especializada naquela massa alta e quadrada, comum por lá. As coisas pareciam até em ordem. Também comprei um terreno em Punta Colorada, a uns 500 metros da casa do Vidal. Não tinha aquela vista e nunca teria aquelas poltronas compradas com dinheiro sujo — embora reconheça que o meu dinheiro também não fosse exatamente limpo. Mas me divertia com o fato de, afinal, eu ter de fato investimentos imobiliários para tomar conta no país. A teoria do caos seguia ditando os rumos de minha nova vida: um carrinho mal dado me transformou em dono de terras. Mas havia um problema me atormentando: a Lara tinha sumido. Não a via desde a lesão. Percebi que algo estava errado com a Lara quando ela não apareceu para me encontrar na saída do vestiário, junto com as famílias dos outros jogadores. Mas imaginei que talvez ela só não soubesse que era isso que faziam as famílias dos jogadores. E eu nem era jogador, no fim das contas. Quer dizer, passei de não-jogador a ex-jogador em apenas seis minutos. Saí de cadeira de rodas do estádio, subindo uma rampa cheia de pedregulhos até que avistei o fim de tarde no Rio da Prata, lá longe, atrás do barco viking e da montanha-russa. Estava bonito, alaranjado. Mas a Lara não estava, com seu cabelão ondulado, seus colares e seu sobretudo roxo comprado especialmente para minha estreia no Defensa. Não tive muito tempo de entender o que estava ou não estava acontecendo porque me levaram até uma ambulância e, de lá, direto ao hospital algumas quadras para cima, subindo a Bulevar Artigas. Meu joelho doía muito e, acho, tinham me dado uns anestésicos que nublavam minha visão e meu raciocínio. Deitado na ambulância, parecia ouvir gritos de apoio da torcida e bandeiras roxas tremulando nas calçadas, mas acho que era tudo delírio. Onde estaria a Lara? Acordei no dia seguinte, já operado, com flores a meu lado enviadas pelo clube e com um olhar doce do Vacaria sobre mim; doce e caído, marcado pela pancadaria do dia anterior. Ele me entregou três jornais em que eu aparecia na capa. A sorte: estava sempre deitado, olhando a pancadaria que corria em volta. Meu rosto não aparecia. A chance de eu ser desmascarado por alguém no Brasil seguia pequena. — Peguei eles de jeito. Olha só! — Acho que teu contrato com a Europa está garantido – respondi, com ar zombeteiro. – Você me salvou de apanhar deitado. Te devo uma.

— Vamos voltar a jogar juntos, companheiro – disse meu novo melhor amigo.

Eu estava segurando as lágrimas para não chorar, numa cena que entraria para os anais da comédia pastelão involuntária. Mas fui salvo pelo Vacaria, que meteu as mãos nos bolsos do casaco de couro, tateou um pouco e encontrou uma folha de papel dobrada. — Tua mulher me entregou um bilhete, na saída do Armani.

Imediatamente a dor do joelho passou para o peito. A garganta secou. Fiquei com vontade de pedir um gole de uísque com bastante gelo. Tudo isso num átimo enquanto eu tentava, por uma eternidade, desdobrar a folha entre minhas mãos. Finalmente consegui. "Chegou minha vez de recomeçar minha história", dizia a nota. Era só isso. Seis palavras. Uma para cada minuto de minha curtíssima carreira e mais uma preposição para os 40 segundos. Fiquei olhando para o papel certamente por mais que 6 minutos e quarenta, atônito. Não lembro sequer de ter me despedido do Vacaria.

A primeira reação foi pensar que ela estivesse em perigo, sumida dentro de um contêiner de copos Stanley, escondida em algum centro de distribuição qualquer em Canelones. Mas descartei a ideia e foquei no que fazia mais sentido. A Lara era safa demais e tinha personalidade de sobra para sumir no mundo. Na verdade, para sumir no mundo mais uma vez, porque a fuga para Montevidéu a tinha como mentora intelectual. Ela sempre havia sido um pássaro livre, que morou em muitas cidades na infância e adolescência, filha de pais arquitetos, responsáveis por grandes obras em dezenas de cidades. Começou a trabalhar aos 15, como guia turística que faz aqueles passeios que apresentam o centro das cidades. Trabalhou na bilheteria de um museu, deu aulas particulares de física e matemática, ensinou inglês para crianças, depois virou programadora de uma startup de jogos. Com o dinheiro que ganhava, viajava muito pelo Brasil, Nordeste, Amazônia, Chapada Diamantina, Rio. Nos conhecemos numa festa aleatória em São Paulo, cidade em que ela estava apenas "por algumas semanas". O santo bateu, e passamos a nos ver com mais frequência, conversando sobre viagens, política, a cretinice dos mais velhos e do mais novos, bebendo jurupinga e cerveja em lata em mesas de plástico por aí. Ela me apresentava muita música nova: de Jão a Miley Cirus. Até que decidimos morar juntos mais por economia que por decisão de vida, num apartamento que pintou de um conhecido do Matias. Como a Lara conseguiu trabalhos mais fixos em algumas startups, as semanas viraram meses, os meses foram se somando. A vida a dois estava boa demais. Havia uma coisa sobre a qual ela sempre me alertara. Dizia que estava acostumada a ser dona da própria vida e que nunca tinha estado tanto tempo com alguém como estava comigo. "Você não me sacaneie, senhor Dárcio", alertava. O Dárcio nunca pensaria em algo nessa linha. Mas o Júnior Cabral, sim. Havia um lado da vida de jogador para o qual eu sinceramente não havia me preparado: o assédio. Nunca achei que num time como o DefensorT um cara como eu, longe de ser estrela ou de ser galã, pudesse ser tão inclementemente marcado pela mulherada. Mais de uma vez, a Lara foi me encontrar na saída do treino e encontrou umas mocinhas me cercando. Era uma moçada bem jovem, mas bem atirada. Nunca levei muito a sério, até que comecei a atrasar o horário de chegar em casa. Passei a levar não 20 minutos para chegar em casa pedalando, mas 60, 80, 150 minutos. A Lara nunca foi de barraco, mas passou cada vez mais a me tratar como eu tratava os barcos que singravam o Rio da Prata: com interesse distante. Conversei muito com o Roger sobre o sumiço dela e sobre o que poderíamos fazer. Acatei uma sugestão do Roger: a de que ele buscasse por ela, para se certificar de que estava tudo bem; mas que não me contasse nada. Topei, mas tinha certeza que em algum momento eu faria algum tipo de chantagem ou ameaça a ele para que me entregasse onde ela estava. A Lara, afinal, assim como Roger, Matias e Dariam, eram testemunhas da minha farsa. E só ela estava solta por aí, sem nenhum interesse em manter a história escondida. Podia estar contando a qualquer um. Podia, até, estar escrevendo um livro, um roteiro, criando um perfil fake para me denunciar. Tudo era possível. Ela já tinha me alertado, lá em São Paulo, que eu tinha limite de tempo para me arranjar na nova vida. Três meses, ela tinha dito. A lesão pode ter feito a Lara se dar conta de que nossa farsa não iria longe. Era a certeza, dolorida para cacete, de que eu não passava de um mané. Um mané com joelho ferrado, que ainda demandaria meses de atenção da parte dela. A verdade é que ela não merecia ficar amarrada a meu lado, contando navios no Rio da

Prata. Mas para onde tinha ido? Ao menos uma certeza eu tinha: a Lola e o vira-latas continuavam dando expediente no térreo do meu prédio. Quem passou a frequentar o lugar fui eu, que passava por ali para tomar uns mates de vez em quando. Pois é, minha estada alongada no Uruguai me viciou em chimarrão. Melhor que Fernet. Cheguei a pensar que estava pintando um clima com a tal da Lola, mas a coisa nunca foi para frente. Até porque a gente falava boa parte do tempo sobre a Lara mesmo. Imaginando para onde poderia ter ido, e por qual motivo. Estaria de volta na casa dos pais? Continuava morando em Montevidéu, a poucos metros de distância? Tinha se mandado para Nova York, ou para a Tailândia? Se a tatuadora sabia alguma coisa, disfarçava muito bem. Mas se não queria ser encontrada, por que a Lara contaria seu destino para uma pessoa que trabalhava 10 metros abaixo de minha janela?

-

17.

Dois dias após a operação, a perna totalmente imobilizada e o enorme vaso de flores enviado pelo elenco do Defensa na mesa de cabeceira, já murchando, Roger foi me visitar no hospital. Mal me cumprimentou e me mostrou a tela de seu celular. Vidal estava preso. "Presidente do DefensorT detido por contrabando na fronteira", dizia o artigo.

— Como isso aconteceu?

— Parece que a polícia recebeu uma denúncia anônima com fotos, vídeos, documentos.

— Você?

— Deixa eu te falar. O cara não estava só transportando copo que mantém a breja gelada por horas. Invadiram o depósito dele e tinha de tudo: brinquedos, videogames, celulares, notebooks. Tudo sem nota.

— Mas ele não era comerciante mesmo? Tinha me dito que ficou rico assim, todo mundo sabia.

— Mas o negócio oficial dele era de maquinário industrial. Todo o resto era por baixo dos panos.

Peguei o celular de sua mão e me pus a ler a reportagem. "Rogerio Ramos Vidal, 70 anos, foi preso na região do Chuí na madrugada da última terça-feira junto com seu motorista Juanes Gomes Rondon. Com eles, foram apreendidas duas pistolas calibre 38 e um carregamento de itens contrabandeados avaliados em 500 mil dólares. Segundo informações preliminares, a polícia teria checado o caminhão após uma denúncia anônima. Pelas câmeras de segurança do posto de fronteira, é possível afirmar que o mesmo veículo fazia o percurso ao menos duas vezes por mês, e a polícia rodoviária vai aprofundar a investigação para apurar o volume total de itens contrabandeados. Vidal é proprietário da companhia Vi.Industrial, especializada na importação de maquinário pesado, principalmente da China. Segundo os últimos balanços públicos, a companhia vendeu 25 milhões de dólares no último ano fiscal. A Justiça concedeu uma ordem de busca e apreensão de documentos, computadores e equipamentos na sede da companhia, em sua residência, no bairro Carrasco, e também em sua sala na sede do clube DefensorT Sporting, no Parque Rodó. Empresário conhecido, com uma cadeira há 20 anos na câmara de comércio uruguaia, Vidal se destacou nos últimos anos como dirigente de seu clube do coração. Ainda não se sabe se sua atuação como dirigente esportivo também entrará na mira das autoridades."

— Caramba, que paulada. E como ficou o clube?

— Foi o melhor que podia ter te acontecido – Roger pegou o celular de volta das minhas mãos — O foco agora está todo no Vidal. A oposição está tentando convocar eleições para ontem. O conselho quer mudar o estatuto para banir todo o grupo político ligado a ele. Osmani está para cair a qualquer momento. Isso porque ainda não sabem em tudo que ele está metido.

— Como assim?

— Fiz minhas apurações. Sabe quem estava no galpão de Canelones, junto com o Vidal, três horas antes de o caminhão ser apreendido na fronteira? Ele mesmo. Olha aqui – disse, me mostrando a tela do celular. – E junto com eles e com o Juanes tem um outro camarada que, pelas minhas pesquisas, é um filho do Vidal. Está com cara de que a quadrilha é extensa. A quadrilha do copo Stanley.

— Mas eles usavam o clube para lavar dinheiro?

— Bem possível, meu velho.

— Não vou nem pensar como essa história chega em mim e no meu joelho amassado para não sofrer por antecipação. Vem cá: e quanto terminou o jogo?

— Perdemos.

— Perdemos?

— Um a zero. Gol do Pascual...

— Não é possível. Mas ele não foi expulso naquele rolo todo?

— O mundo é cruel. Ficou se arrastando em campo, mancando, com dois dentes a menos, um enorme pedaço de algodão pendente no canto da boca. O tempo fechou, começou a chover, já não se via muita coisa. Todo mundo sujo de barro. Lá pelas tantas, o cara meteu um chutaço de fora da área, rasteiro, que tocou na trave antes de entrar. A torcida quase invadiu o campo para pegar ele. A polícia correu para trás do gol, para impedir um massacre.

— Que filho da puta.

— E esse joelho?

— Vai longe a via-Crucis.

Um dia depois daquela conversa, o Osmani também foi preso. Vi pela televisão do hospital. A polícia deu uma batida na casa dele depois de uma denúncia anônima e encontrou caixas de contrabando. Que mané. Se o Roger não estava por trás das prisões, eu era um sacana com muita sorte. De qualquer forma, a apreensão na fronteira me ajudou muito: sem eles na jogada, não havia mais ninguém para me sacanear. Mesmo que o esquema tivesse outros envolvidos, ninguém se arriscaria mais por um esquema falido. A água tinha esquentado no copo Stanley. O clube teria que me pagar regiamente. E me pagou, dez mil dólares por mês, de julho a fevereiro. A folga bancária cresceu ainda mais quando 30 mil dólares apareceram na minha conta assim que voltei ao apartamento de Palermo e à minha contagem diária de navios no horizonte. Ricardinho Dariam havia depositado sem maiores explicações. Disse apenas que me contaria pessoalmente. De duas uma: ou meu banqueiro tinha coração mole, ou, mais provavelmente, estava arrependido de alguma negociata obscura feita com o Vidal no meu nome. O sacana tinha prometido que eu entregaria um jogo? Ou dois, três, cinco jogos? Possível. Mas porque foi desmascarado na reunião com o cartola e me entregou na bandeja, com maçã na boca? Ou farejou a oportunidade de levar uma grana extra numa situação em que ninguém era mocinho? Já tinha tudo planejado desde São Paulo? A dúvida me acompanhou por meses, e me voltava sempre que me pegava sozinho com meus navios. Quem estava do meu lado, afinal?

Assim que tive a primeira reunião com dirigentes do Defensa, e me tranquilizei que de fato receberia os salários, liguei para o Geraldo numa noite qualquer e pedi demissão do jornal. O telefone tocou muitas vezes. Ele me atendeu com uma voz melancólica, com um sambinha tocando no fundo. Parecia ser Cartola.

— Meu repórter! Achei que não estava ligado nas notícias.

— Como assim?

— Não me ligou para saber detalhes?

— Que detalhes?

— Pegamos o Capogrosso.

Pus no viva-voz e levantei para servir um copo de fernet. Tinha só um copo limpo em cima da pia. Abri o freezer agitado. Estava sem gelo. Servi puro mesmo. Enquanto Geraldo, da sala, ia contando a história.

— ... daí recebemos uma leva de documentos e de fotos de câmeras de segurança que mostram ele recebendo dinheiro na garagem do congresso. Malas e mais malas. Aquele lixo completo. – Ele ria uma risada que, mesmo a 2 mil quilômetros, cheirava a rum. – Não deu nem para esperar a edição de amanhã do jornal. Soltamos no site mesmo, perto das cinco da tarde. O advogado dele diz que ele vai se entregar a qualquer momento.

— E quem mandou tudo isso?

— Nem ideia. Nem ideia mesmo, não estou enrolando. Chegou direto no meu email. Uma mensagem na madrugada, com o título "Capogrosso" e um link para baixar uns arquivos online. Podia ser vírus, mas baixei. E o vídeo dele recebendo dinheiro tem até trilha sonora. Barões da Pisadinha. – Outra risada de rum. – Gostei do humor e tasquei um *Escândalo da Pisadinha* na manchete. O nobre senador nadou fora do tanque e virou comida de tubarão. Certeza que foi rifado por algum adversário político.

— Pode ser, pode ser. – Entre um gole de Fernet quente e outro, me senti um daqueles personagens dos livros do Graham Greene. As coisas pareciam todas amarradas à minha volta, conspirando para algum fim que eu não tinha ideia qual era. Esperava não me ferrar no fim. – O que acontece agora?

— Sei lá. Mas as prioridades dele vão sofrer uma guinada. Você pode voltar tranquilo.

— Mas chega de cobertura política para mim.

— Quando você chega? Vem tomar um café semana que vem.

— Sem chance, Geraldo. Por seis meses não vou nem caminhar direito. Seguirei curtindo minhas milanesas por aqui.

— Caceta, que houve?

— Jogar pelada com uruguaio é ato de fé. Meu joelho virou paçoca num carrinho criminoso num campinho aqui na frente de casa. Tinha engatilhado a canhota e...

— Tenho que continuar com as apurações por aqui, Dárcio. Pensa mais uns dias.

-

18.

O assado de tira da Parrillada La Kota era imbatível. A picanha, também. A mistura de estilos uruguaio e brasileiro de churrasco fez daquele um ponto de encontro meu e da Lara em Montevidéu. E naquela tarde de fevereiro de 2022, o almoço tinha clima de (mais um) recomeço. Eu sem a Lara, claro. Mas Ricardinho e Matias tinham vindo me visitar. Pegamos uma enorme mesa na calçada, embaixo de florescentes acácias amarelas. As mesas brancas cheias de copos vazios de vermute, vinho, água, cerveja. Eu havia recebido alta clínica finalmente e estava pronto para voltar a jogar — mas estava decidido a me aposentar. Como se houvesse outra opção na mesa. Por sorte, durante toda a minha recuperação, não tinha recebido nenhuma sondagem para retornar aos gramados. Nenhuma. Nem dos adversários, nem dos novos dirigentes do Defensa, que simulavam sem muito esforço um plano para me deixar em forma. O combinado era que meu contrato seria rediscutido no momento oportuno, que nunca chegou. Ao menos uma vez na vida facilitei o trabalho de todos quando enviei um email informando meu desejo de me aposentar.

Sentado ao meu lado, óculos espelhados e camisa florida, o Roger estava com mais corpo de jogador do que eu. Ele mantinha uma rotina de abdominais, apoios e Doritos enquanto trabalhava em seu porão escuro. Depois de sua estada uruguaia, agora se instalaria em um porão mais distante: estava de mudança para a Costa Rica, sempre em busca de menos impostos, energia barata e conexões ultra rápidas para minerar criptomoedas e se equilibrar em três empregos em tempo integral em diferentes fusos. Todo o dinheiro ganho no Uruguai tinha virado criptomoedas. "Embarco com minhas bermudas, meus chinelos, meu note e minhas senhas", disse. Ele tinha devolvido o porão para o locatário, e estava com os poucos pertences dentro de uma mala, ao lado da mesa, pronto para ir direto ao aeroporto. Mesmo com o mundo em crise, com startups demitindo e o dinheiro para desenvolvedores rareando, ele seguiria sua rotina de morar onde desse na telha. Para isso, era preciso ter um pouco de competência, claro. Coisa que eu não tinha como jogador de futebol ou como jornalista – e muito menos como galanteador de tatuadora. Àquela altura, eu via o Roger como líder de uma organização internacional de programadores que executavam tarefas como derrubar sites governamentais e defenestrar a vida de traficantes de copo Stanley. Tudo que lhe sobrava em competência, faltava em estilo.

— Você está parecendo aqueles delegados americanos do Narcos, que tentam se disfarçar de tiras latinos tomando margarita – disse o Matias.

— Será que eu deveria recomeçar uma carreira como tira americano aposentado na Costa Rica?

— Ricardinho, você tem contatos em San José? – brincou o Matias, enquanto passava mais chimichurri numa fatia de pão.— Pode ser um novo oceano que se abre, man – respondeu o Ricardinho, sempre meio sério, com aquele jeitão de quem faz negócio até com pão dormido. – Quem negocia o Júnior Cabral negocia qualquer produto.

Aproveitei a gargalhada geral para fazer um muxoxo e sentar do lado do Matias. Eu também estava com a cabeça ocupada com uma viagem, mas uma viagem de retorno, que aconteceria em dois dias. Com uma taça de vinho toda engordurada na mão, puxei conversa sobre o mercado – o mercado de jornalismo, não o de atletas profissionais, menos ainda o de detetives.

— A situação piorou muito no jornal — me contou o Matias. — Depois do teu caso com o Capogrosso, um número enorme de matérias sobre os mais variados temas passou a ser analisada pelo jurídico. Virou um saco. Mas o pior é que é necessário: o número de processos contra o jornal disparou.

— Caramba – tentei pegar a garrafa de Tannat para servir mais uma taça, mas ela escorregou de meus dedos engordurados e quase virou na mesa. Por sorte, rodopiou, e voltou a ficar em pé.

— Mas o pior, pior de tudo, nem são os processos. É a matilha digital. Mesmo as matérias mais corretas são taxadas de *fake news* e viram alvo de robôs. Eu mesmo descolei uma transferência para a editoria de esportes.

— Esportes? Mas não é onde mais tem matilha? Não pode criticar jogador A ou time B que vem todo mundo para cima do jornalista.

— Pode ser, mas esquecem tudo no dia seguinte. Além disso, ninguém liga para o dono do jornal porque o lateral criticado fez o gol da vitória no jogo seguinte. E porra: melhor falar de um novo atacante do que de um novo projeto de lei. Passa o vinho que eu sirvo – disse o Matias, limpando os dedos engordurados na barra da camiseta.

— E não tem nada para mim nesse mercado esportivo?

— Tem! Pior que tem! Um amigo editor de um site concorrente está contratando. Vai voltar para o mercado?

— Acho que é o jeito. Meu dinheiro não vai durar para sempre. Pede mais um vinho pra gente.

— Senhores, queria propor um brinde a nosso atleta favorito, e de carreira meteórica! Os seis minutos mais intensos da história do esporte — De pé num canto da mesa, Ricardinho segurava uma garrafa enorme de Veuve Clicot, maior que aquela que celebrou minha contratação.

— Seis minutos e 40 segundos! — gritei na outra ponta, imediatamente esquecendo o vinho para acender um charuto guardado há meses. A ocasião merecia. Pus meus dedos engordurados no bolso da camisa branca, puxei o cubano, fiz o sinal universal de quem pede fogo. O garçom estava atento. "Aqui está, senhor Júnior". Depois de tanta falcatrua, sairia de Montevidéu com ao menos um fã. O espumante foi servido nas taças de vinho mesmo, misturando as bolhas à borra bordô, formando um líquido de aparência esquisita. Ricardinho, tão alto quanto os outros, servia demais, e a bebida ainda transbordava na mesa. – A vocês, minha família uruguaia – completei. Onde caralho estaria a Lara? Pensei depois de uma baforada.

Ricardinho passou dois dias em Montevidéu, fez questão de pagar todas as refeições — e nunca me contou sobre o motivo de ter me enviado os 30 mil dólares. Desconversou três vezes, até que parei de perguntar. Depois de Montevidéu ele pegou um voo direto para Santiago, onde participaria de reuniões em vários clubes. Após a minha negociação, o braço de futebol decolou no Vision Toppers. O agora *senior partner* tinha agenda fornida de contatos de empresários e jogadores de toda a América do Sul. Todos de verdade, até onde eu sabia.

-

19.

Nunca estive preso. Mas imagino o que deve ser retomar a vida após meses ou anos afastado de seus amigos, familiares, do garçom, do padeiro, da vizinha gostosa. Minha volta para São Paulo teve esse jeitão de retornar a uma cidade em que tudo seguia igual, mas diferente. O garçom tinha mudado; o faxineiro, também. A vizinha seguia ali, mas parecia ter ganho uns quilos e tinha definitivamente cortado os cabelos pretos. E, para mim, já não parecia mais a Rô, secretária do Vision Toppers — lembrava mais as patinadoras uruguaias.

Voltei para o mesmo apartamento que tinha ficado quase um ano fechado, com contas pagas graças à ajuda da minha tia. Ela também havia ocupado o lugar por umas semanas enquanto o apartamento dela estava em obras. E deixou uns mimos: um vaso bordo em cima da mesa, um pufe marrom, um globo antigo, bonito, numa mesinha de canto. E um gato. Batizado de Júnior, o bichinho não chegou a cuidar do apartamento fechado: foi adotado dias antes da minha chegada e seria meu companheiro na solitária retomada. Ainda por cima, trazia na coleira um nome para não me deixar esquecer a aventura uruguaia. Como se fosse possível. Surpreendi-me ao olhar pela janela do sétimo andar e não ver os navios do Rio da Prata, que seguiam ocupando minha cabeça em algumas noites. No lugar, a medianeira amarelada do prédio vizinho, com um letreiro gasto há mais de uma década: espaço disponível. Entrei em casa e senti um arrependimento danado daquela história toda. Meu joelho doeu no banho. Me troquei com umas roupas que já não pareciam minhas, dei comida para o Júnior de uma lata que estava em cima da bancada e desci apressado para tomar uma cerveja com o Matias no bar do Alcides, no térreo. Matias já estava lá, com seus tremoços de sempre. Antes de sentar já pedi um chope artesanal, que agora eu podia pagar.

— Instalado?

— Tenho um globo agora, e um gato. Chama Júnior.

— Para.

— Falou com teu amigo do esportes.com?

— Falei. A vaga de setorista do Palmeiras está aberta. Se eu recebesse para cada vaga que te arrumo, hein? Ah, e deixa eu contar: viu quem foi apresentado pelo Palmeiras ontem?

— Júnior Cabral.

— Quase! Paulo Vacaria.

— Está zoando! Caramba, que coincidência. Sabia que meu guarda-costas tinha qualidade. Só falta me dizer que o Ricardinho fez o negócio.

— Olha aqui a foto dele recebendo o Vacaria no aeroporto.

Matias me mostrou uma matéria publicada justamente no site em que eu estava tentando trabalhar. Peguei o celular para matar a saudade de olhar o Vacaria, meu ex-companheiro de quarto. Estava com pinta de boleiro europeu: fones de ouvido grandões e dourados, jaquetinha estilo Michelin, malinha de mão da Gucci. Ricardinho, esperando por ele de braços abertos, também estava igual. O sacana era de uma elegância a toda prova: terno cinza bem cortado e bonezinho preto estilo Succession. Sem gravata, claro. Tinha certeza que a profusão de repórteres em volta tinha sido convocada por ele mesmo, um gênio do marketing. Nas últimas semanas, tinha virado figurinha carimbada nos programas esportivos, comentando todo tipo de negociação em andamento. Quando lhe perguntavam como ele tinha entrado no ramo, desconversava: "com bons amigos no Uruguai". Quando olhei com mais atenção a foto, quase caí para trás. Sabe quem estava do lado do Ricardinho? Com o mesmo casaco roxo que eu conhecia?

— Porra, Matias! Essa aqui é a Lara!

— Essa de costas? Nem fodendo.

— É ela! Cabelo mais curtinho, mas o casaco é dela. O tênis, também.

— E o que ela está fazendo aí?

— Ou virou tiete do astro internacional Paulo Vacaria...

— Ou...

— Ou está saindo com o Ricardinho.

Sabe o que é pior? Ou melhor, sei lá. Na hora a história toda fez sentido. E fez tanto sentido que fui incapaz de ficar puto. A Lara tinha sido traída e engatou um romance com meu ex-empresário. Eu sabia que, durante os dias em que eu ficava concentrado, ele ajudava a Lara a se organizar com contas, com transferências bancárias e essas complicações de quem vai morar em outro país. Eu ficava agradecido. Mesmo olhando aquela foto, não imaginava que o romance tenha começado pelas minhas costas. Seria até injusto com a Lara. Ela me largou por me largar, porque eu merecia. Sozinha e sem dinheiro, sem ter como sair do Uruguai e recomeçar, procurou nosso amigo rico. O Ricardinho foi camarada, até que a relação esquentou. Culpado, ou convencido por ela, ainda me enviou umas granas extras que me ajudaram para caramba. E que agora estavam pagando o chope artesanal que repousava, paradinho, em meus lábios enquanto eu segurava o copo inclinado e pensava nesse inusitado casal.

— Darcio!

Me afoguei com o grito do Matias e tomei um banho de chope artesanal.

— Que foi?

— Você congelou aí pensando no Ricardinho com a Lara. Devolve meu celular e me diz: o que você vai fazer, mano?

— Eu... eu... sei lá. Vou aceitar o trampo no site. Uma coisa de cada vez.

A Lara fazia uma falta danada. Tinha valido a pena aquela aventura toda para eu voltar para o mesmo lugar, um pouco mais rico, todo fodido, com um gato no lugar de uma namorada, e com umas notas a mais de lúpulo na bebida de sempre? O Brasil continuava a merda de sempre. O maluco da mesa do lado estava tomando alguma coisa num copo Stanley. Na TV, os mesmos programas passando tragédias e roubos de celulares aleatórios. Por que para mim a falcatrua terminou desse jeito e para o Ricardinho tinha valido a pena? O cara vendeu uma farsa, fez uma grana, virou bamba e ficou com minha ex. E seguia me tratando como um grande amigo.

— Eu nunca vou ser o cara que se dá bem, Matias.

— Mas você enganou meio mundo e está aqui. – Matias abria os braços, apontando para nosso bar de sempre. — Para mim, você se deu bem. – Ele só podia estar de sacanagem. Eu estava de volta ao nosso bar de sempre.

— Como bem? Eu quero saber é como eu viro o Ricardinho – apontei para a foto do sacana no celular. Quero me dar bem num Volvo, de Rolex no pulso, fechando contratos inflados sem risco de ir para a cadeia. Quero me dar bem desse jeito.

— Legal, irmão. Mas que tal pensar nessa futura vida de banqueiro empregado de boas no esportes.com?

— Vou fazer isso.

Minha roupa cheirava a chope derramado. Chope artesanal. Tinha valido a pena toda essa aventura para no fim das contas poder trocar a cerveja de sempre por chope artesanal? Acho que nunca saberei. Mas uma coisa é certa. Quando fechava os olhos por uns segundos, a imagem que via não era a do meu joelho se esfarelando. Lembrava do goleiro atônito vendo minha bola entrar no ângulo, naquele fim de tarde gelado no acanhado estádio do America.

- editoraletramento
- editoraletramento.com.br
- editoraletramento
- company/grupoeditorialletramento
- grupoletramento
- contato@editoraletramento.com.br
- editoraletramento

- editoracasadodireito.com.br
- casadodireitoed
- casadodireito
- casadodireito@editoraletramento.com.br